特製ワンタン麺
(肉、エビ、3ヶずつ)
黒だし 980円
押す
支那そば
黒だし 680円
肉ワンタン麺
黒だし 880円
味玉そば
黒だし 780円
肉ワンタン麺
(ハーフ 3ヶ入)
黒だし 780円
つけそば
黒だし 700円
つけそば
(肉ワンタン付き)
黒だし 900円
チャーシュー麺
黒だし 980円
売切
チャーシュー
肉ワンタン麺
黒だし 1,180円
売切

特製ワンタン麺
(肉、エビ、3ヶずつ)
白だし 980円
押す
特製ワン
(ハーフ 肉、エビ
白だし 88
支那そば
白だし 680円
肉ワンタン麺
白だし 880円
特製ワンタン麺
(肉、エビ、3ヶずつ)
白だし 980円
味玉そば
白だし 780円
肉ワンタン麺
(ハーフ 3ヶ入)
白だし 780円
特製ワンタン麺
(ハーフ 肉、エビ、2ヶずつ)
白だし 880円
つけそば
白だし 700円
つけそば
(肉ワンタン付き)
白だし 900円
つけそば
(特製ワンタン付き)
白だし 1,000円
チャーシュー麺
白だし 980円
チャーシュー
肉ワンタン麺
白だし 1,180円
チャーシュー
特製ワンタン麺
白だし 1,280円

SHIGESATO ITOI I LOVE KOROKKE. SHIGESATO ITOI I LOVE KOROKKE.

ぼくの好きなコロッケ。　もくじ

ぼくの好きなコロッケ。

たしかに、どんな人だって、心のなかに、
たくさんのことばが詰まっている。
無口な人の心のなかも、実はことばで満たされている。

最初に「うまくやらない」と決める。
（うまくできっこないのだから）

「幸せは　向こうから　歩いてやってくる。
あなたの笑顔を　目じるしに　やってくる。
追いかけちゃいけない　笑顔で待ってて」
という歌を憶えているでしょうか。
たぶん、憶えてないと思います。
いま、ぼくがでたらめにつくったものだから。

名付けようのない「胸をつきあげる」もの。
吐きたくなるような「疑問」。
いても立ってもいられない「好奇心」。
そういったものが遊びとして発散されていきます。
人間も仔犬も、同じです。
たっぷり遊んだものが、豊かさを得ることができる。
渇きと潤いの両方を知ることになる。

手元にある木片とナイフで、　神さまだって彫れるのだと。

あらゆることについてしゃべるのは、へんだ。
まったく興味がないということもある。
嫌いだし考えたくもないということもある。
よく知らないので語れないということもある。
なんについてでも語るというのは、逆におかしい。
語れぬことがあり、黙っていることがあるのは
あたりまえのことだ。

未知のもの、いま起こった出来事、新しい刺激に、
まずはじぶんの裸で出合うこと。

つるつるのピカピカの環境を前提にしてはいけない。
世界は、泥沼であり、砂漠であり、コンクリートである。

こころなんてものがあるから、めんどくさい。
みんなが、それで苦しんでじたばたしているのだが、
どんなにすかっとしたくても、割り切っちゃだめだ。
こころの面倒を、引き受けないと、いけないんだ。

なにかはできてて、なにかはできてない。
それが当たり前のことだと、ちゃんと思ったほうがいい。
「なんでもしっかりできてる男性や女性」が、
どこかにいるとしても、それは、みんな、忘れていいよ。

新しい芽を吹く枝の根元は古い幹、さらに根っこつながって。

『生きている人は』

いいことを教えてやろうか。
いつだって、おれは負けそうなのだ。
安心させてやるよ。
おれは、いつだって壊れそうだ。
もろく崩れそうだ。

いいことを言ってあげようか。
いつだって、おまえとおれは同じなのだ。
おまえの目玉は、おれの目玉だ。
おまえも、いつでもゆらゆら倒れそうだ。
どこかへ消えていきそうだ。

ただ、それがいやなんだ。
負けそうなのは、うれしくないんだ。
崩れそうなのが、嫌いなんだ。
だから、踏んばってるだけだ。
好きなら、とっくに倒れているさ。

踵から滑り落ちながら、
どうすればいいのかを考えている。
全身がばらばらになるのを見つめながら、
冗談じゃねぇぞと踏んばっている。

そうやってきただけだ。
すべての生きているものは、
そんなふうにしてきただけだ。

だれでも、いつでも、負けそうなのだ。
重力にも風力にも、潮流にも波浪にも、
耐えられぬような毀れものなのだ。
なのに生きているのは、
おいおい、そんなことはいやだと、
強く思っているからだ。

おれが負けないのは、おれが死なないのは、
おまえが毀れないのは、おまえが消えないのは、
ただ、それだけの理由だ。
くつそうと思う気持ちが、あるから、だけだ。

『ばらばら』

ばらばらな知恵と
ばらばらな知識を
ばらばらに組み合わせることによって
ばらばらな自由と
ばらばらな不安を手に入れ、
つまりばらばらな生存をやっていくものである。

ばらばらな時間と
ばらばらな場所にいて

ばらばらな人たちと
ばらばらに出合うことによって
ばらばらなできごとを生み出し
ばらばらな思い出をつくり
ばらばらに息絶えるものである。

ばらばらでいいのだ。
ばらばらが出合うのだ。
ばらばらが編まれるだけだ。
ばらばらになれ。
ばらばらにしよう。
ばらばらにもどれることが大切だ。

後から参入する者に、場所なんか空いてないのだ。
空いているとしても、最悪の場所だけだ。
前々からそれをやっている者が、
めんどくさいから手を付けてない場所が、少しだ。
それが、いつも当たり前のことだ。

新しいなにかが生まれるのは、
場所なんかもらえなかった者たちが、
苦しまぎれに、「これしかない」とやったことからだ。
鉄道をしけなくても、自動車があった。
映画をつくれなくても、テレビがあった。
大きな舞台はなくても、小劇場があった。
大きな同業者組合ができているようなところに、
新しく参入することを歓迎してもらえるのは、
「これまでの権利を脅かさないやつ」だけかもしれない。

場所なんか空いてると思わないほうがいいのだ。

居心地の悪い、座ればけつの痛くなるような荒地だけが、
新しい人びとがスタートを切れる場所だ。
おそらく、道具もそろっちゃいないし、
誰もが認めるすばらしい人なんか集まることもない。
しかし、そこが、場所なのだ。

若い人に言うことは、じぶんに言うことでもある。
あなたにも、ぼくにも、
用意された場所はなかったはずだし、
周到に計画された図面なんてものもなかったと思うのだ。
次の時代は、いつでも、
場所なんかなかった者たちの場所からはじまっている。
道具がなければ、じぶんでつくる。
人手が足りなければ、寝ないでもがんばる。
そういう古臭い冒険心みたいなものが、肝心なのだ。

「どこにも場所が空いてない」ということは、
いつも、新しいなにかの出発であった。

変化の側に、おもしろさを見つける。
必ずうまく行くかどうかは、わからなくてもね。

「強み」は、かぎりなく「弱み」に近いですし、
「弱み」は、なにかのきっかけで「強み」に転換するものです。
ほんとうに「強み」をもっていて、わかっている人は、
その「強み」には、寿命がくるということを、
正しく怖れて、「別のところ」を鍛えているはずです。

「ひとりでいる」という時間を、
ちゃんと持っているかどうかは、
ものすごく大事なことだと、強く思っています。
「ひとりでいる」時間、
その時間にこそ出会うじぶん自身という他人。

「不言実行」寄りの姿勢で「有言実行」するのが、
いちばん大人っぽくて、かっこいいんだよなぁ。

ゆうがた。

草のはえているところは、
けっこう遊びやすいです。
ボールさえあれば、
夏でも冬でも、らんららんです。
おとうさんたちは、
外に食事に行くらしいです。

とりのき。

このへん、ほんとに
鳥ノ木が増えています。
たくさんの鳥が実っています。
近くで大きな音をたてると、
その実は飛び立っていきます。

もうじき。
食べられるようになるはず。
ただここを通る人も、
きっと、チェックしてます。

しょくご。

ごはんも食べて、
えーっとなにかすることは
あったっけなぁ……。
あったっけなぁ……。
……ないか。
ないや。
で、ごろごろします。

ご多分に漏れず、ぼくも「恥ずかしがり」です。「えっ？　まさか！」と思う人もいるでしょうし、「そうだと思ってましたよ」という人もいそうです。じぶんが「恥ずかしがり」だということは、小さなころから、うすうす知っていました。じぶんが恥ずかしがっているような場面で、恥ずかしくなさそうに自然にふるまっている人たちを、まぶしくてうらやましいと思ったり、ちょっとやきもちを焼いたりしていました。でも、じぶんが「恥ずかしがり」だということについて、それでいいやとは、思っていませんでした。「恥ずかしがり」をやっている間って、（よく考えてください）身動きが取れてないのです。マンガ風にいえば「もじもじ」している時間なのです。「恥ずかしがり」であることが悪いとはいいませんが、「恥ずかしがり」さんが、もじもじしている間、恥ずかしがってない人が、遊びやら仕事やらを、進めてくれているんですよね。で、時にはもじもじしている「恥ずかしがり」のことを、気にかけてくれていたりもします。「こっちにおいでよ」なんてね。じょうずなきっかけをつくってもらえたら、もじもじしてる時間から抜け出すことができます。▼そうなんですよー、「恥ずかしがり」って、だいたい、誰かの助けを借りているんです。じぶんの足で立つ、と意識したら、「恥ずかしがり」のままではいられないんですよね。もじもじして、時間を止めているわけにはいかないから。あえていえば、ちょっとガマンして動くんです。「恥ずかしがり」の子どもたちは、たぶん、そのガマンを経験して、大人になってきたのです。▼正直にいえば、ぼくはいまも「恥ずかしがり」です。でも「恥ずかしがり」という性質のままでも、「恥ずかしがってないでどうにかする」ことはできます。「恥ずかしがり」でないようにふるまいます。人間がなにかをしようとするときには、恥ずかしがってなんかいられないですからねー。▼バッターボックスで恥ずかしがってる打者……いねぇよ！

あったら、バランスがとれるもの。そういうものって、なんだか大事なんですね。ほんとうは「ない」ものだとしても、あったほうがバランスがとれると思うと、人はそれを、無理やりにでも存在させちゃいます。▼昔の人にとって、幽霊ってものがないと、バランスがとれなかったんだと思います。そういうものは、いっぱいあります。鬼っていう存在がなかったら、世界が説明できないという場合には、人びとは鬼をいるものとしてしまいます。鬼さえ置けば、世界は安定するんですから。悪魔も、小人さんたちも、妖精も、「それがいたほうが、世界のバランスがとれる」なら、誰がなんといおうと、いてもらわなきゃ困る、となる。▼人間が「世界のバランス」をとるために生みだすものは、かたちのあるものばかりじゃないわけで。「前世」だとかね、「運命」だとかね、もーしかしたら「愛」とか「幸福」とかだって、小人さんや妖精さんのお仲間だという可能性もあります。それが「ある」としたほうが、それを「ある」としたその人の世界が安定する……。なにかと「陰謀だ」といいたがる人の世界は、「陰謀」あればこその安定があるんでしょうね。▼ぼく個人は、あろうがあるまいが、これを「あると決めました」というものがあります。それは「たましい」です。ぼくにとって、「たましい」があると思うと、ものすごくじぶんの世界のバランスがとれるんですよね。「たましい」の健康、「たましい」の輝き、そういうものを、ぼくの世界では強く意識しています。

年齢でいう30代とか、40代とかありますよね。30歳になったときには、30代を実感できないんですよね。40歳は40代を、50歳は50代を、60歳は

60代を、実感できてはいないと思うのです。30代を実感できるのは、いつかといえば、30歳代も半ばになったとき、35歳なんじゃないかなぁ。四捨五入したら、40歳という年齢になると、「ああ、我は30代なり」とほんとうに思えるんです。▼同じように、２０００年になったとき、「ああ、２０００年代がはじまった」と実感できなかった。どうでしょう、２００５年は、もう２０００年代でしたよね。同様に、80年代は85年から、90年代は95年からでした。いや、乱暴に言ってますけど、そんな感じじゃない?▼「半分過ぎて、実感が湧く」という法則があるんですよ。「人生」ということばも、人生の半ばを過ぎたあたりにならないと、似合わないし、ほとんど口に出さないでしょう。男性の平均寿命を80歳として、40歳にならないと「人生」を意識しないんじゃない。▼スポーツの試合でも、試合開始はまだ試合開始してない。半分くらいを過ぎたあたりで、「どうやって勝つか」の切実さが出てくるでしょう。そういうものだと思うんです。▼つまり、それは、もうちょっとややこしく明るく言えば、過去のなかには、現在が薄く含まれていたし、現在のなかには、すでに未来が練り込まれているし、現在が目に見えるようになるためには、未来という距離に立つしかない……っていうことですよね。

「わらしべ長者」の話は、みんな知ってますよね。１本の「わら」が、「アブ」を結びつけられて「おもちゃ」になる。その「おもちゃ」は「みかん」と交換される。「みかん」はのどの渇いた人との間で、「上等な反物」と取りかえられる。そうして「反物」は「馬」に、「馬」は「家」へと変化していく。ま、お話の世界のことですから、無理があると言われたらあるんですけどね。▼これ、いろんなこと教えられるお話です。いろんな教訓が語られてきたと思います。で、ぼくは、昨日ね、散歩しながらこう思ったんです。▼まず、この話、最初の「わらしべ」がないと、見事な「連続交換ものがたり」は成立しません。おもしろいもんで、最初に「10円」という貨幣だったら、「10円」そのものは、「10円」のままなんですよね。誰も「20円」に交換してくれないんです。お金って、なにかの姿に変えないと、ただの魅力のない記号なんですよね。「なんにでも変えられる」と思うのは自由ですが、それは、「なにか」に変えてからの価値を、勝手に想像しているだけです。「お金の価値を想像しているもの」どうしでないと、お金って、「わらしべ」より格下だとも言えます。▼そして、「わらしべ」に

魅力があるというのは、人間だからこそ感じられることなんです。アブを結んだ「おもちゃ」が、おもしろかった。つまり、魅力を感じる人がいたから「みかん」に交換してもらえたんです。で、「みかん」を持ってた人は、損したと思ってるのではなく、よろこんでいるわけで、この「交換」は、他人によって評論できないんですね。つまりは、普遍的な「等価交換」って、ないんです。こんなところも、おもしろいことです。そういうことをおもしろいなぁと思いながら散歩していて、結論は、「おもしろさは価値」ということでした。

散歩をしながら、ふと思ったんですよ。昔むかしは、「散歩」なんてなかったんじゃないかな。日本にかぎって言ってもね、江戸時代くらいまでの近い過去でいいや、「助さんや、格さんや、散歩でもしてきましょうか」なんて水戸のご老公は言わなそうですよね。なかったんですよ、きっと、散歩っていう概念がね。▼「野球」がなかった時代には、「野球」がなかった。これは、すっと理解できるんですよね。「カーリング」も「モーグル」も「男子新体操」もね。だけど「散歩」っていうと、ただ歩いてるだけだし、「それはあったんじゃないの?」って思っちゃう。けど、静かに目を閉じてですね、脳

内タイムマシンで大昔を訪れてみるとね、だれも「散歩」なんかしてないんですよ。縄文の人も、平安の人も、戦国時代の人も、ぼくの想像では、散歩なんかしてません。「歩いている」人は、いくらでもいますよ。でも、それは「歩いている」のであって、「散歩」してるんじゃないですよね。▼だいたい、たとえば山のなかの村に住んでいるとして、そこで「そのへん、歩いてくるわ」って、目的もなく「ぶらぶら歩いてる」人なんて、いるとは思えないでしょう？　たぶん「散歩」って、本を読むとか、芝居を観るとか、時間を「遊ぶ」行為のひとつとして生まれたものので、いわば、足ではなくて、もっと脳のたのしみというか、目や耳などの感覚のための行為だと思うんです。▼……などと、「散歩」について考えて遊んでますが、これネット検索しちゃったら「そんな考えは誤り」とか、すぐに結論が出されちゃうんだよねー。ネット検索って、たまにするだけでいいと思うんだよな。

ぼくは、ずいぶんたくさんの「対談」をしてきました。おもしろくなかった「対談」は、ほとんどありません。ぼくの「対談」の仕事は、テレビ番組などとちがって、週に一度とか決まってるわけじゃないので、「おもしろそうだな」と思った人とだけやるからです。当たりしか入ってないくじを引いてるようなものです。▼では、どういう人と「対談」するのがおもしろいのか？「こういうことかな？」と考えついたのは、話していて「じぶんが変わることを怖れてない人」。ことばのキャッチボールをしているうちに、「変わってもいい」と思っている人とだと、話がたのしく転がるんですよね。▼立場があるせいなのか、他の考えを思いつかないのか、じぶんを変えないと決めている人とは、「対談」にならず、「質疑応答」になってしまいます。「あらま」とか「まてよ」とか、「うわぁ」とか、こころが揺らいで、新しい思いや考えを探そうとする。そういう柔らかさのある人が、「対談」をおもしろくしてくれるんですよね。▼「そういうおまえはどうなんだ」って？　自信あります、ぼくは変える気満々で、その場にいます。じぶんが変わることは、たのしみのひとつだと思うのです。

あるとき、友人と話していて、彼の息子の話題になった。その、とても自由な息子さんは、自由に遅刻したり、自由に欠席したり、自由に寝たり自由に起きたり、自由に遊びに行ったり、なんだか自由なんだそうだ。そんなに厳しく叱るつもりもないのだが、なんだか、その自由はたのしくないように思う、と。自由であるはずなのに、うらやましくない。かえって、自由に幽閉されているような気さえする、と。▼ああ、友よ、わかるよ、その気持ち。そして、理解できるよ、息子のつらさも。▼自由自由というけれど、そこには、リズムがないのだ。音楽の楽譜を想像すればわかるだろう。音の高さ低さをどんなに変えても、聴ける音楽にはなる。しかし、リズムというものがないと、気持ちわるい。変拍子でも、複雑なリズムでもかまわない。だけど、なにかしらのリズムがないのは音楽にならない。そういうことなんだと思うよ、と、ぼくは言った。▼どうして、そう思ったかといえば、ぼく自身が、やっていて不愉快になるようなだらだらとした生活を、続けていたことがあるからだ。大学を中退して、自由な無職をやっていた。なにをやっても怒られることもないし、毎日、なにをしようか探しつつなにもしなくてもいい。そういう状態が1年以上も続いていた。節目というか、音楽でいえば小節の区切りがないのだ。これは続けていくと、なんとなく苦しくなるものだ。▼人間は、実はリズムに合わせて生きている。太陽と地球と月との回転周期という前に、なによりも、心臓が鼓動しているし、呼吸がリズムを刻んでいる。自由な心臓なんてものがないかぎり、人間のまるっきりの自由なんてものは、不快であるのだ。
リズムというのは、生命であるということでもある。自由な息子にそう言ってみて……と、ぼくは言ったっけ。

犬や猫が、じぶんの名前を理解するかどうかはよくわからない。そもそも、「じぶん」という概念があるのかも、よくわからない。▼しかし、名前を呼ばれたら振りむくとか、名前を呼ばれたときにやってくるとか、いかにもじぶんの名前をわかっているかのようにふるまっているのは確かである。▼犬や猫に、じぶんの名前があるということを教えこむには、こちら（人間）の側が、彼らに名前があるということを信じ切って名前を呼び続けることだ。これを繰りかえしているうちに、犬や猫は、じぶんに名前があるということをわかっているかのようにふるまうようになる。▼なぜなら、その名前があるという前提で、人と犬や猫の環境がセットされるからである。まっすぐ歩いている道のまん中に大きな石があったら、またぐか、よけるか、するだろう。その大石のように、名前がセットされるのだから、馴れてくれば、必ずそれは「ある」ことになる。▼これは、おそらく、ずいぶんと応用の利く話で、人びとが「信じ切って」やっていることは、周囲に、その環境をセットするようになる。ワタシ以外のすべての人が、「ここに大石がある」と、よけながら歩いている村にずっといたら、やがてワタシも、その石があるように思えてきて、ごく自然に、それをよけて歩くようになるだろう。▼いいことにもわるいことにも、こういうことは言えます。だから、おもしろいし、だから怖いです。

いい夢は、あんまり見ません。見た

くない夢が、ほとんどです。たいていは困ったことが、夢のなかで起こります。おそらく、じぶんの「心配」が記憶の底に澱のように溜まっていて、それが夢のなかで攪拌されて出てくるのでしょう。▼旅行荷物のパッキングができてないのに、出発時刻がすぐそこに迫っている。これは、何度も見た夢のひとつです。ホテルの部屋に散らかるだけ散らかった服や道具、同行者たちは、すでにロビーに集合しているらしい。つらい夢です。▼できもしないことを安請け合いして、いざというときになって立ち往生するという夢。これも、いろんな設定で繰り返されています。大型トラックで疾走中の俺……俺？俺って？　おおっと、俺は大型トラックなんか運転できないぞ。走ってる、アクセル踏んでる、細い道、暗闇、どうする？▼先日は、大きな会場の舞台で出番を待っていました。名前を呼ばれて、マイクの前へ。三味線の音が聞こえます、ぼくは浪花節をやります。……って、できないよ、なんで引き受けたんだよ！　最初の一声「旅行けば〜駿河の国に茶の香り」って、それより先は、真っ暗闇だよ、なんにも知らない。▼そんなんばっかりです。すべて、できもしないこと、準備の足りないことを、安請け合いしたのが原因でしょう。おそらく、そういう日々なんじゃないかと、いつも無意識が心配してきたんでしょうね。ららら〜、人生なんて、紙一重なのよ〜ららら〜。

にじまき。

おとうさんがホームセンターに行って、
伸び縮みするホースを買ってきました。
これで、水ばかりでなく、
虹もまけるのだそうです。
犬は、あんまり興味ないですけど。

あしのうら。

お教えしましょう　あしのうら
白やら　黒やら　いろいろです
室内　屋外　両用です
そのつど　洗って　つかいます
かたくて　やらかい　あしのうら
だだちゃまめの　においの
あしのうら　いかがでしょう

その……。

タキシードの胸のポケットに、
飾りのハンカチーフを
差すでしょう。
ふと、あれを思い出した。
青い空の日。

さぁ、しゅっぱつだ。
ブイちゃん元気ですか。
おとうさんは、そろそろ出発です。
ブイちゃんは、まだ寝てるので、
起こさないことにします。
今日は、きれいな日の出です。
いい散歩ができそうですよ。

向こう岸に渡りたいというイメージがあるからこそ、
舟をつくるための木を集められるわけでしょう。
向こう岸の景色がたのしみにできると、
地味な仕事のひとつひとつが、おもしろいんですよね。

やがて壊すための、しっかりした枠組み。

「コスト」という考えが、どういいのかと言うと、
人は、自然に、「激しくケチ」になりたがるからです。
おそらく、だいたいの人間は、
ほっとくと無意識に、そういう傾向を持ちます。
そういう「激しくケチ」になりがちな人間に、
「かかるものはかかる」と教えてくれるのが「コスト」。
この考えが、どれだけ助けてくれたかわかりません。

最悪の場合を知ると「じゃやろうぜ」という勇気にもなる。

若いときには、なにかにつけて、
「稼ぐためにやっているんじゃない」くらいのことを、
漠然と思っていたような気がします。
ただ、だんだん大人になっていくと、
「じぶん以外に誰が稼ぐんだ」ということに気づきます。
「稼ぐ」ことをやめるわけにはいかないのだから、
それが、得意になったらいいと思うし、
それを好きだったら、もっといいとも思います。

「はたらきたい」と「あそびたい」は、睦まじい夫婦だよ。

どうして、それを「君」がやらないんでしょうか。

「ぼくはその立場にない」

「まだまだ、周囲や全体を動かせる力がない」

「責任のある立場の人が、先導してくれなきゃ」

いろんな理由があるのだと思いますよ、きっと。

でも、「じゃぁ君はなにをするんだろう？」

ちょっとでもなにかを変えようと思ったら、
「まったくなにもできない」ということはないでしょう。
「口を閉じて、さぁ、なにをする？」と、
問いかけてみたい感じです。

リーダーシップって、「あ、おれか」という意味じゃない？

リーダーは、じぶんのことは棚に上げている。
そうでないと無理、そして、それができるのがリーダー。

誰がやる？　というようなあらゆる場面で、
「きみがやってくれたまえ」と言われるのを待ってても、
そういうことは、まずないのです。
よく「出たい人より、出したい人を」というけれど、
その、みんなが「出したい人」にしても、
「わたしがやります」と手を挙げてから始まるわけです。

若い人なんかで「わけもわからずモテたい人」がいます。
モテたいとも表現しないで、静かにふつうにしていると、
あっちの側から、無理やりのように、
「好き好き」言われちゃってひっぱりだこになっちゃう。
そんな夢想をしている人は、いくらでもいます。
シャイだからだ、と思ってるかもしれませんが、
よく考えてみたら、虫がいいだけのような気がします。
「わたしはモテようとしてない」と思われることは、

クジを引いてないのと同じことなのです。

「俺がやる」「わたしがやります」と、
はっきりと宣言した人に対して、人びとは判断をします。
それなりのリスクを覚悟して、決断し、彼を選びます。
それだけの重みというか責任のあることなのだから、
それこそ、「立候補しないで当選するやつはいない」
というのは、当たり前のことです。

恥ずかしながら、そのことに気づいたのが、
ぼくは、人生の半ばを過ぎてからだったのでした。
誰からか推薦されて、いやいや引き受けてうまくいく
……なんてことを信じていたのでしょうかねぇ。

ほったらかしにしていると、
どこからどう手を付けていいかもわからなくなって、
やがては、そのひどい状態を、
「じぶんの個性である」とか言い出す。
なんか、「多重債務」の渦中にいるみたいなことですよ。

事情を話し合っていたら、問題はただ複雑化するだけだ。

じぶんに「向いてる」ことを、
少ない選択肢のなかから、真剣に探しているよりも、
多少でも「うまくできそう」って感じを、
味わえたら、そっちのほうが
「うまくできる」ようになるんだと思います。

やってるうちに、だんだんと、
「うまくできる」ことにおもしろさを感じてきて、
もっと「うまくできる」んじゃないかと、
苦労とか努力を、苦労や努力と思わなくなって、
知らず知らずのうちに他人よりよく練習してたりして、
「うまくできる」の質が高くなっていく。

そんな感じで、技術だとか、構想だとか、方法だとか、表現だとかが磨かれていくのだと思うのです。

重要なのは、どれだけ打席に立てるか、つまり機会をどれだけ持てるか。

で、もうひとつ重要なこと。
ただ打席に立つだけってのは、何万回やってもダメ。
ま、力量のない者に、そんなに打席は与えられませんが。
回数をこなすために、機会はあるわけじゃないんですね。
指導者は、だいたい、こう言います。

「漫然とやってちゃダメだぞ」

プロは、じぶんのつくっているものについての
「おもしろくない」「おいしくない」「かっこよくない」が
わからなくてはいけない。
そのうえで、それを承知で発表するという判断もある。

まとめて実行しやすくするのも大事なのですが、
「おもしろい」という要素は、
早めにまとめはじめると蒸発してしまいます。

「ものごと」をつくっているときに、
よく陥ってしまいがちなのは、
「やりくり」が仕事だ、と思いこんでしまうことだ。

前はこうだったから、次はこういうことだろう。
ここは、こういう意見があったから、こうしよう。
これをこうすると、少し節約ができる。
おっと、あの人がこれだと怒るかもしれないよ。
これ、じゃまになりそうだなぁ
……という具合に、ああでもないこうでもないと、
条件やら都合やらが、山ほどあるわけです。
それを「やりくり」するのは、なかなか大変ですよ。

だけど、「やりくり」は、
価値やら魅力やらをつくるわけじゃないんだよね。

「それいいね！」って人がよろこんでくれるのは、
価値や魅力があるからなんだ。
「いやぁ、よくやりくりができているから、いいね」
ということは、ほとんどないと思ったほうがいい。

コピーだって、企画書だって、商品だって、
サービスだって、人間関係だって、なんだって同じ。
「いいねっ」「おもしろいね」「すてき」
という胸の高鳴りと共に発せられるようなことばが、
つい湧いて出てくるようなことが、価値なんだよね。

やっぱり、「すてき」ってことが、稼いでくれるんだ。
「やりくり」の仕事も、もちろんあるんだけど、
「やりくり」そのものが価値だと思ったり、
仕事なんだと思わないほうがいいよね。
あちこち見渡してごらんよ、やりくりの結果が、
街に（そして倉庫に）あふれ返っているから。

どれほどおおぜいの力が要ることだって、
最初の「わたし」がいなかったら、
そして、その「わたし」があきらめてしまったら、
きっとうまくいかないだろうと思うんです。
ひとりじゃなにもできない。
でも、ひとりがいなきゃ、なにもできない。
「わたしだけ」じゃなにもできない。
でも、「たったひとりのわたし」がいなきゃ
やっぱりなにもできない。

毎日のように、何度でもトライできると思ったほうが、
のびのびと、じぶんのなかの新しい能力を発見できる。
だいたい、いま書いているこの文章だって、
これが最後だなんて思わないから、毎日書けているんだ。

うまくいっているときには、「大胆な手」を含めた選択肢がある。
負けがこんでいるときには、「大胆な手」を選択肢から外し、
「安全と思われる手」を恐る恐る実行することになる。
はじまる前から、その差による有利と不利がある。

おそらく「集中して死ぬほど考える」ということよりも、
「しっかり感じる、そして毎日やすみなく考える」ことのほうが、
難しい問題を解決に近づけてくれる。

ほめられてうれしいのと、
ほめられたくてなにかやるのとでは、
ものすごいちがいがあるような気がします。

正直に言って、ぼくには、両方の場合があります。
ただ、ほめられようと必死でやるようなときには、
いい感じで「すっとしてる」ものはできないんだなぁ。
ほめられようという気持ちを忘れてしまって、
やってること自体をよろこんでいるようなときには、
「すっとしてる」んだよねー。
そんで、それを気持ちよくほめてもらえたりもする。

もっとも、そんなときには、ほめてもらえなくても、
全然かまわないんですけどね。

急に、おやじモードになるけど、若者よ、

「ほめは、うしろから歩いてくるものじゃよ」。

そいでね、うしろを振りかえりながらだと、
ほめられるような仕事はできねぇんですよ。

どうしても、ほめられたいなら、これはどうだろ、

「ほめられようとするくらいなら、驚かせろ」。

濃く本気なものが薄い興味の人たちにも支持されたら勝ち。

わぁ。

なんというお天気なのでしょう。
秋晴れというのでしょうか。
真夏のようですが、
風もすずしくて、暑くない。
毎日がこんな日だったら、
人の気持ちもちがってきますね。

ゆうがた。

よく晴れた日曜日は、
こんな夕方をむかえたのでした。
もう夏がはじまる……のではなく、
まだまだいろんな日がありそう。
鳥も人も犬も猫も牛も、
みんなこの空の下にいます。

あした。

おとうさんは、ともだちと
「ちゃんこ」を食べて
ごきげんで帰ってきました。
明日は土曜日だから、
いっしょに遊ぼうねと、
言ってくれました。
犬は「いいよ」と思いました。

ぽーとれーと。

じつは、犬の、
しっかりしたポートレートは、
これまであんまりありませんでした。
で、これ、撮れてるんじゃない？
撮れてるような気がします。
歯並びまで、わかります。

ぼくの傘は「伊丹十三記念館」で購入したものです。
伊丹さんがかつてモデルにして描いた傘が売店にあったのです。
ひとめぼれで買いましたが、使うようになってからも気に入ってます。
傘の布地に雨粒が当たる音が、小太鼓のようでかわいいのです。
ぱらぱらぱらぱらぱらぱらんっと、子どもの拍手のようです。

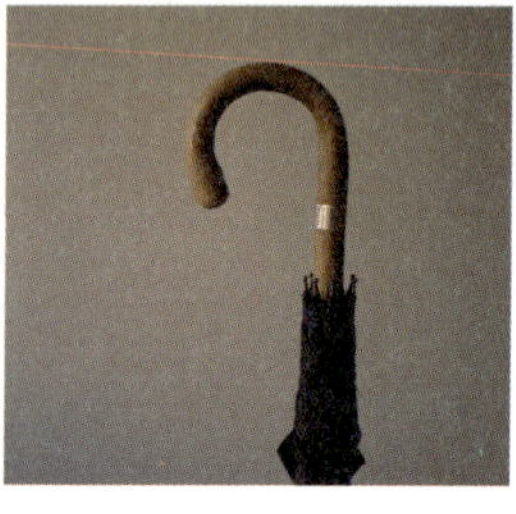

『矢野顕子、忌野清志郎を歌う』。
ぼくの好きな忌野清志郎が、こんなところにいた。
矢野顕子が産みなおした、赤ん坊、あの含羞の人。

『横尾忠則全装幀集』が、出た。
こういう、ものすごいものを見て、いったん落ちこむほうがいい。
たたきつけられたその地面の低さは、すべての基準になれるから。

フランクル『夜と霧』は、怖い本じゃない。
暗い本でもない。
ものすごく静かな本だ。
その静けさこそが。

敏子さんや、郁子さんのなかには、
岡本太郎さんや、土屋耕一さんが生きている。
「生きている」という表現を、
ひとつの比喩かと思うかもしれないけれど、
敏子さんははっきりと言ってました。

「そうじゃないのよ。ほんとに生きているのよ」
たしか、郁子さんも、そう言ってたような気がする。
いまの、ぼくは、そのことがわかる。
郁子さんのいるところでは、土屋さんは生きている。

その「信」に合わせて、生きているんです。
あ、「信」の字で思い出した、宮本信子さんも、
伊丹十三さんが生きていると、まっすぐに言います。

うらやましいというのかどうか、わかりませんが、
いいなぁ、いいもんだなぁと、思っています。
和田誠さんと、じぶんたちは、どうなるだろう、と、
ちょっと冗談半分に話しました。

「そういうときには、行くこと」というのは、大事です。
ぼくは美空ひばりの最後のドーム公演も観てます。
客席は団体の方々がほとんどで、
その当時にはあんまり「行かなきゃ」という感じで
報道されてなかったんです。
川崎球場での村田兆治の最後の試合とか、
グランドファンクの後楽園球場とかも……。

早野龍五先生もご贔屓の「万惣」のホットケーキも、
前田日明のカレリンとの引退試合も、
二度のホロヴィッツ公演も、
伝説の「ヘンタイよいこ白昼堂々秘密の大集会」も、
志の輔さんの「気仙沼さんま寄席」も……
すべて、そのときの「やりかけの仕事」よりも
そっちを選ぶのが大事です。

毎日見ていた『あまちゃん』ですが、
いまでも、よく思い出すセリフがあります。
主人公のアキちゃんが、親友のユイちゃんに
それまでにない強さで言うことばです。

「ダサいくらいなんだよ、がまんしろよ！」

このすごいセリフの、すごみの本体は、
「がまんしろよ！」にあるのだと思います。
最近「がまんしろよ！」ということば、
どこかで聞いたことありますか？
予防注射するときだって、言わないですよね。
「がまん」はしないで、
根本的なしくみを直しましょうというのが、
いまどきの考え方です。

でも、アキちゃんは「がまんしろよ！」と言います。
それを、力強く言うことでなにが見えてくるかというと、
「ダサいということが、それほどいけないことなのか？」
という思ってもみなかった問題が浮かびあがるのです。

「ダサいかダサくないか」って、
そんなに大事なことじゃないだろう？
ダサいかどうかなんてことを超えた価値を、
見つけてきたはずじゃなかったのか？
アキちゃんは、そう怒鳴ったのでした。
この「ダサい」の部分に、いろんなことばを当てはめて、
考え直したくなります。

「〇〇〇〇くらいなんだよ、がまんしろよ！」

「ほんとに大事なことは、そんなことじゃない」んだよね。

イラスト・青木俊直

いただいた短いメールのなかに、こんな文章がありました。
「幸せを感じるには、大好きなひとたちの生きている姿を
ただ見ることだと思います。」

わぁ、いいなぁと思いました。
「大好きなひとたち」というのは、
みんなそれぞれちがっているでしょう。
お相撲さんかもしれないし、世界の偉人かもしれないし、
部活の先輩かもしれないし、近所の職人かもしれないし、
親のこと、配偶者のこと、息子や娘のことかもしれない。

その「大好きなひとたち」のことを、
どうして「わたし」は、そんなに好きなのか。
どこが、そんなに好きなのか。
むつかしいことじゃなく、その問いかけのなかに、
じぶんの生きたい方向が、とりたい態度が、

隠れているんだと思うのです。

「かっこいいなぁ」と感じていることが、
じぶんのこころのあり様をかたちづくっていきます。
行動をまねしていくこともあるかもしれません。

「大好きなひとたち」の謙虚なところがいいと感じれば、
じぶんも、そんなふうでありたいと思うでしょう。
困難を前にしたときに、苦しそうに見せないところを、
かっこいいなぁと思ったら、
じぶんもそういうふうでありたいと努力しますよね。

そして、「大好きなひとたち」を見ていることも、
そのかっこよさを見習おうと努力することも、
とてもたのしいってことが、また、いいですよね。

そういえば、ぼくには「大好きなひと」がたくさんいます。

矢野顕子 @Yano_Akiko
清水ミチコさんは馬が好きらしい。
武道館公演が終了した暁には、一頭贈ろうかなって思っている。

清水ミチコ @michikoshimizu
ありがとうございます。
公演タイトル、「ババとロック」から「馬場とロック」に変更します。

糸井重里 @itoi_shigesato
うそつきどうしめ……うちの巨大馬を見せて驚かせてやろう。

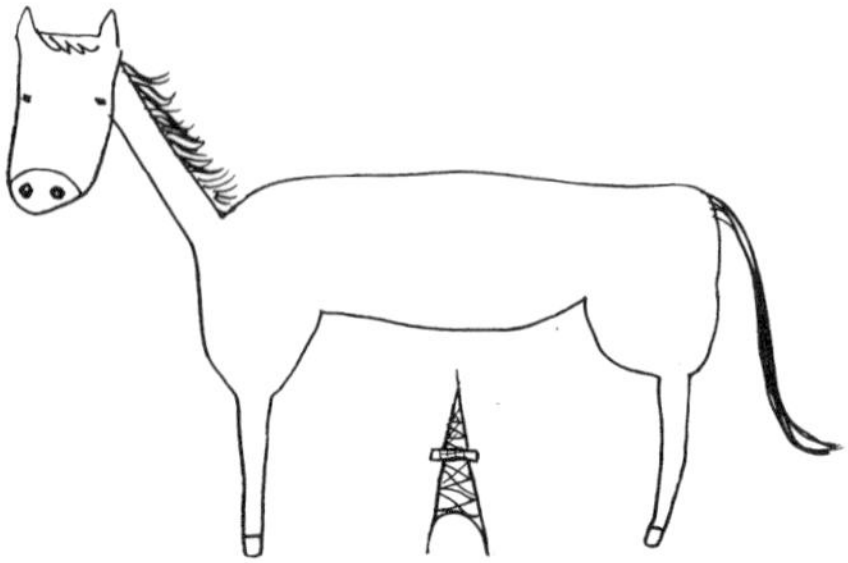

清水ミチコ @michikoshimizu
あいつ頭悪いって、ペガサス笑ってたわよ。

糸井重里 @itoi_shigesato
あの、羽にうんこついたペガサスか！

矢野顕子 @Yano_Akiko
もう乾いてるから臭わないはずです。

イラスト・ゆーないと（ほぼ日）

谷川俊太郎、吉本隆明、橋本治。
この三人を、「日本三大安売王」と言ったのですが、
ここに和田誠を加えて「安売四天王」とするか、
亡くなった吉本さんの席に和田さんに座ってもらうかを、
ご本人と話した。

年寄りには、ほとんどみんな「若いひと」に振り分けられちゃう。
つまり、芦田愛菜ちゃんも、能年玲奈ちゃんも、
壇蜜ちゃんも、小泉今日子ちゃんも、
あんがい、みんな同じように「かわいい若いひと」だったりする。
ある意味、生きるに都合がいい。

「ひっこみじあんでシャイなアメリカ人もいっぱいいいる。
日本の人たちの感性に、よく似てる。
そういう人たちが『ＭＯＴＨＥＲ２』というゲームを大好きだったんです」
そんな感想を日本にやってきたアメリカの女性から聞いたとき、
なんかものすごくうれしかった。

おまえ きょうも もてても てて
こまってるんじゃないか
▶はい　　いいえ

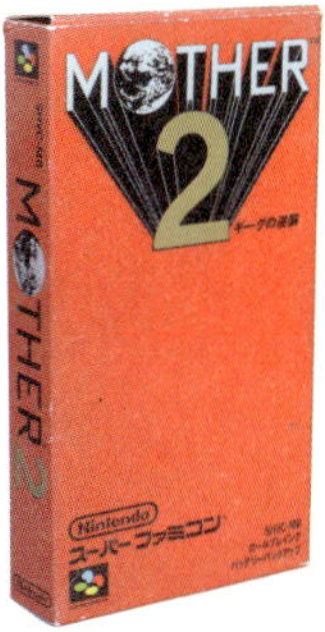
MOTHER
2
MOTHER 2
Nintendo
スーパーファミコン

さいてる。

わぁっとさくらが咲きました。
さくらと犬は、
背の高さがちがうので、
犬は、たんぽぽを見ます。
さくらも咲きましたが、
たんぽぽも咲いてます。

あやしいかげ。

ざんざんざんざん
ざんざん　ざんざん
ざんざーん　ざーっ！
なにか怖いことの起こりそうな
影　（ざざーんっ）　影っ
犬は　墓場にむかってる
なにが　起こるか　おたのしみ
ざんざんざんざん
ざんざん　ざんざん

じゃーん。

ブイちゃん元気どすか。
こちら、京都タワーが、
あまりにも真正面でした。
東京は寒いですか。
もうじき帰りますからね。

ね。

よく、根のことを言いたがりますが、
根というと思い出す樹があります。
生きることそのものの図みたいです。
おそらく、さらに土のなかで、
もっともっと働いているんです。
いちど、土のなかに潜って見てみたい。

樹は、なんにも語りません。

「汝は何処より来たりて何処へと往く」

などと訊ねることもなく、

「根元の腐った穴がかゆいんです」

なんてこぼしたりすることもなく、
ただ黙って、そこに在るだけです。

大きな木が、いまそこにあるということは、
「大きな木がそこにあったらいいいな」と、
林業とはちがう目的で、木を植えた日があったわけだ。
あるいは、大きな木を処分せずに、
生えたままにしておいたということかもしれない。
木があることを望んだから、そこに木がある。
一本ずつの大きな木は、人びとの望んだものだ。
人びとが、景色のなかに望みを残していく。
それは、文化というものなのかもしれない。

ぼくは、勝手に摂氏12度を、冬と春の境界線にしています。
ぼくの思いこみによれば、12度になると湖の魚が動き出し、
草木の芽が内なる力を外に向けはじめるのです。

すずむしが、だいぶん大きくなった。
数は、どうしても数えられない。

犬を見てて思うんだけど、
人間の耳ももっと動いたほうがよかったんじゃないかな。
目玉ばっかりぐりぐり動かしてるけど、
耳はじっとしてるもんな。

昔、よく「犬は人間に媚びるからいやだ」と言う人がいたけれど、
いまなら「素直に仲よくしようとしてるだけだよ」と言えるな。

落ち着きがなくて、ひっきりなしに動き回っていた。
散歩は大好きなのだけれど、
人間をぐいぐいとひっぱるようにして歩くので、
いつも首がしまって「ぐえぇ」みたいな声をだしていた。
他の動物を見つけると、近づいて威嚇していた。
リードを放したら、どこかへびゅーっと飛んでいった。
仔犬の時代は、野生そのもののようなアクティブでした。
家の人は、いま、そのころのことを思い出して、
「ブイヨンが来てから1年くらいは、
毎日、ほんとにあわただしかったなぁ」と、
なつかしそうに言います。

どうして、こんなことを書き出したかというと、
ここ1年くらいで、ブイヨンが変わってきたからです。
おそらく、老犬に近づいているのだと思います。
無限に歩けるんじゃないかと思った散歩の距離も、

「こんなもんでいいかな」という感じで減りました。
寒い日など、ぼくのベッドでいつまでも寝ています。
散歩ができるなら死んでもいいくらいだったのに、
雨の日や、寒い日は、催促もしなくなりました。
いろんなことに、わがままさや強引さが減りました。
逆にちょっと頑なになっている面もあるかな。

生命の始まりから終わりまでを折れ線グラフで描いたら、
山のてっぺんからずいぶん下っているところに
きっといるのでしょうね。
でも、どう言えばいいんだろう。
仔犬の時代の、苦笑を誘うようなおもしろさではなく、
長年つきあってきた友だちのユーモアみたいなものが、
感じられるようになって、ますますかわいいです。
いっしょに年を重ねていくのは、うれしいものです。

猫が、やわらかな、少しも強くない生きものだと知った。
食べものがなければ生きていけないし、
雨に濡れながら眠ることはできないし、
さまざまな危険にぶつかったら死んでしまう。
そういうものなのだと、わかることになった。
のら猫は、のら猫で、やっと生きているのだと知った。

いま、街で暮らしている猫たちは、
人の助けを借りていのちを維持しているらしい。
それが猫の望んだことかどうか問う人もいるだろう。
しかし、街の猫たちの生きることを助ける人たちは、
やがては、街の猫がいなくなって、
すべての猫がみんな、人間と家族になれる日を待つ。

よく知っているはずの近所で、
猫と人間たちが、そんな未来に向かおうとしていることを、
ぼくは、最近知ったのだった。

考えるんじゃない、感じるんだ。

春猫秋冬

「ミグノン（@petMignon）」のトモモリさんが、
不幸ばかりだった動物たちに、
「人間の手は怖くないんだよ、と知ってほしくて」と言ってたっけ。
だから、病気の犬や猫、老犬や、人間に虐げられてきたボロボロの犬を
「最後だけでも幸せになってほしい」と連れて来る。

友森玲子 @petMignon

おじいちゃんが息をひきとった。
トリミングの途中だったけど、
横になってたのが急に身体をぐーっと起こして
目が合ったから中断して付き添った。
呼吸が間遠になり、意識が肉体を抜け出していった。
まだ温かいけれど色彩が褪せていく。
苦しみが少なくてよかった。

生きてた時より寝てるみたいだけど
柩にはいりましょうか。お客さんが来ちゃうから。
昨日も一昨日も、お届けに出る時に、
辛くなったら待ってないで死になさい、
って言っておいたんだけど、
辛い目にあわなくてよかった。

糸井重里 @itoi_shigesato

黙禱。

10歳は犬の還暦。そんな気がする。

鼠も捕らない猫の取り柄は、
「その猫であること」なのではないでしょうか。
これは、犬についても同じことです。

いいかお。

「ブイちゃんブイちゃん、
いい顔してごらん」と、
おとうさんからリクエストです。
はーい、オッケー。
これでいいでしょうか。

にゃこ。

ブイちゃん元気ですか。
おとうさんはお墓参りを終えて、
とんかつ屋さんに到着しました。
結局、かつ丼にします。
写真は、関係なく、猫です。

ないす。

雨降りと、かんかん照りの、
ちょうど間の時間があって、
ボール投げも散歩もできました。
犬は、今日はツイてます。
青い空、熱くない道、そして
耳をゆらし通り過ぎる風。

よるに。

夕方の天気のようすをみてたら、
ボール投げと散歩の時間が、
夜になってしまいました。
そこで、おとうさんは
ストロボ撮影を試みたのでした。
ちょっと悪い犬っぽいですよね。
そうでもないか……。

「好きになってもらう方法」について考えはじめたら、
それはもう、えんえん救われない道に迷いこむと思うんだ。

男の子は、ふられてふられて育っていくのです。

大人は信じられないとか、
大人は汚れているとか、
大人はずるいとか、
思ったことはなかったなぁ。
できることなら、大人になりたかった。

大人の皮を被った子どもよ。
おまえはどれほど穢れないというのだ。
大人の皮を被った子どもよ。
おまえの嘘は、ただへたくそなだけだ。
おまえの罪はまだちっぽけなだけだ。
おまえの拳はただただ力ないだけなのだ。

あああ、　おれがこどもならひとりで遊園地に行ってみたいなぁ。

子どもは、とんでもなく不自由だからこそ、
子どもは余計に愛されてて、ちょうどいいのです。
おとなになってから、ぼくはそう思うようになりました。
じぶんのせいじゃなく、不自由な立場にいるものは、
みんな、少し余計に大事にされていいのだと思います。
それは、「甘やかしている」と言われそうなことですが、
人生にお酒やお菓子があるように、
そのくらいの「甘え」は、必要なのだと思うんですよね。
そのぶんおとなは、余計にしっかりしなきゃとも思うんだ。

二月上旬の春めいた日に、
社内の赤ん坊や子どもたちの数を数えてみる。
零細企業のしゃちょうさんっていうのは、
そんなことをしてるものなのかもしれない。

「ともだちが困ったとき、力になるために」

というのが、勉強をする理由かもしれない。

そんなふうに考えたことがあった。

じぶんのこどもが、小学校に入るころに、
そのことを考えざるを得なかったから、考えた。

なんで勉強するの？
というのは、こどものころからわからないままだった。
いろんな人が教えてくれようとしたけれど、
なんだか、ほんとにそうだなと思えないままだった。
いまでも、正解がこれなのかはわからないけれど、

「だれかの力になりたいと思ったときに、
じぶんに力がなかったら、とても残念だろう？」
ということは、いまでも思う。

じぶんに、いま力がないと思ったときにも、
だれかのために出す力は、ちょっと残っていたりする。
そして、力って、使うほどついていくものだ。
「だれかの力になりたい」というのは、
本能に近いようなことなんじゃないかと思う。

じぶんのなかの、こどもと大人が、助け合って進むんだぜ。

大人たちは、よく子どもに向って「大きくなったなぁ」と感心して見せます。当の子どもは、そうなんだろうか、と思っています。「大きくなった」かもしれないけれど、いつの、どれくらいの大きさと比べてなのか、言われた本人にはわかりませんから。▼「大きくなったなぁ」を、なんどか言われているうちに、子どもは大人になります。それ以上は大きくならない背丈になってしまいます。そうすると「年とったなぁ」になります。間に、うまくすると「きれいになったね」があるかな。「年とったなぁ」は、失礼にあたる場合もあるので、言われる数は少ないかもしれません。「貫録がついたね」とか「落ち着きましたね」とか、やや変化をつけた言い方になっているかもしれません。▼その先には、「お若いですよねぇ」が待っています。「大きくなる」が止まって、「年をとる」も当たり前になってしまうと、進む側の、つまりアクセル性能よりも、止めるほうの、ブレーキ性能を言われ出すんですね。「お若いですよねぇ」は、「年とったなぁ」の大盛りだということです。さらに生きていると、「お元気そうですね」かな。ぼく自身が、まだ、そこまで行ってないので、経験的には知らないのですが、おそらく、あちこち傷んでくると、その言われ方がふつうになってくるのだと想像します。▼さらに、その次は……「まだまだですよ」かなぁ。エンディングの近い映画なんかを観ている感じ、いますぐに終わるというわけじゃない時間にいて、「もうちょっとあるから、楽しみましょう」ってね。ここらへんから、長い映画もあることはあるんですが。▼「大きくなったなぁ」と言われてから、あなたは、どれくらい歩いてきていますか？　こうしてみると、人の一生ってけっこう短いです。できるだけ自由に、好きなことをやりたいものですねー。

ぼくは、ずっと「郷愁」というものがよくわからなかったのです。「郷愁」を感じにくい性質なのかもしれません。しかし、昨日、「これが郷愁なのかもしれない」と、思うようなことがありました。▼よく晴れた日に東京タワーを見ていたら、周囲の景色には珍しいような古臭い感じが伝わってきました。▼むき出しの鉄骨感というか、いかにもボルトとかナットとかを感じさせるような「工作物」っぽい見え方が、ありました。お疲れさまでした、と老人に言うような気持ちで、２０１３年の東京に立っている古い塔を見ていました。▼東京タワーは、ぼくが見てきた景色そのものです。周囲の変化には追い越されたのかもしれないけれど、ぼくの幼いときに生まれ、いまも立っている建造物です。年齢は、ぼくより10歳ほど若いのですが、いわば同級生のようなものです。ぼくの生きてきた時代は、いわば、東京タワーのある時代なのです。▼じぶんの生きてきた時代が、周囲の景色のなかで、古臭く見えるようになっている。東京タワーは、見栄えとしては「思い出」なのです。この「思い出」は、古臭いかもしれないけれど、同時に「なかなか悪くない」ものです。そう感じた瞬間、はたと気づいたのです。これが「郷愁」というものか、とね。よく晴れた土曜日の屋上にて、でした。

『私がオバさんになっても』という歌を歌ってたとき、森高千里さんが想像していた「オバさん」の年齢を、おそらく現実の森高千里さんは、超えてしまった。▼ビートルズは、まだじぶんたちが20代のころに、『When I'm Sixty-Four』という曲をつくった。ずっと先だということの表現としての64歳を、追い抜いてしまった。その年齢までたどり着かなかったビートルもいるが、「ずっと先」は、もう過去のことになっている。▼「30歳以上を信じるな」ということばがあった。実にスカッとした、思いきりのいいことばだ。しかし、これを読んでいる30歳以上の方々なら、とっくにおわかりのことだと思うけれど、「30歳以上を信じるな」と言ったとたんに30歳になる。▼光陰は矢の如しである。想像もしてなかった年齢に、すぐなっちゃう。想像もしてなかった土地でも人間は暮らせるように、想像もしてなかったじぶんとして、人は生きられる。▼64歳を過ぎたポール・マッカートニーは、ステージで『When I'm Sixty-Four』を歌うけれど、歌われている主人公と、じぶんを重ねてない気がする。森高千里さんは、あの歌を、どんなふうに歌うかなぁ。無理にまとめてみよう。つまり、その、「先のことなどわからないものさ」。

娘が、学校に通っているころに思ったことがあります。校庭に、小さい家を建ててね、そこに普通のおじさんが住んでたらいいのに、と。学校でおもしろくないことがあったときとか、なんか家のことで心配ごとがあるときとか、誰それとけんかしたとか、腹が減ったとか、映画や小説の話がしたいときとか、「校庭のおじさん」のところに行くんですよ。おじさんは、教育者じゃないわけだから、必ずしも「正しい」とされることを言うわけじゃない。いや、「正しい」よりも大事なことを教えるんです。▼ほら、学校って、学校であるという立場上、「社会」の実際とはちがっていても、教育的な指導をせざるを得ないじゃないですか。それが、先生と生徒と両方を苦しめると思うのです。だから、おとなではあるけれど、先生じゃない人間、つまり、「おじさん」を学校に住まわせる。で、生徒たちは、自由にそのおじさんを利用すればいい。▼それは、立派な人じゃなくて、かまわないと思うんです。なんだったら、交代制でもいい。「生徒の言うことを親や先生に告げ口しない」約束です。どこかの学校で、試しにやってみないものかなぁ。

中学1年生だったと思うのですが、北杜夫さんの『どくとるマンボウ昆虫記』という本を、読みはじめたらやめられなくなって、ふとんのなかで腹ばいになって、夜を通して読了してしまったことがありました。あのとき、なぜ「もう寝なさい」と言われなかったのか。いまでも不思議なのですが、「やめられない読書」というものがあることを、父親が知っていたのかもしれません。▼ちょうどよく少し読んでは、また翌日に少しという具合に読書することもありますが、一気に「夢の中」に行きっぱなしで帰れなくなるというある種の反社会的行為のなかに、その後のじぶんの生き方に関わる重要なエキスが、蓄えられてきたのではないかと、いま、思います。▼ふだんは、規則正しく食事やら就寝をくり返す家人が、編みものや読書に夢中になって、じぶんのルールを破り、朝方に寝ることが、ごくたまにあります。そういうときぼくは、「仲間」を見る目で彼女を見ます。そのバラつきこそが、おおげさな言い方をすれば、人間の生きるおもしろさだもんね、と思うのです。

「じぶんで、どうすることもできないことで、
人は差別されてはいけないいんですよ」

その通りの言い方だったかどうか
定かではないけれど、
さらっと吉本隆明さんが言ったことでした。

「どこの国に生まれた」とか
「どこの家に生まれた」とか
「どんな肌の色で生まれた」とか「いつ生まれた」とか
生まれにまつわることは、みんな、一切、
じぶんでは、どうすることもできなかったことです。

男で生まれたか、女で生まれたか。
からだの大きさや、背の高さ低さ、髪の濃さ薄さ、
顔のかたち、からだつきといった、肉体的なことも、
じぶんでは「どうすることもできない」です。

これは、ものすごくわかりやすい考え方でした。
さらに、もうすこし間接的なことでも、
どうすることもできないことはあります。

親の経済状態は、
子どもにはどうすることもできません。
親が、どんなふうに生きているか、

つまり、犯罪に手を染めようが、
人に迷惑をかけようが、
子どもは、どうすることもできません。
子どもは、基本的に「どうすることもできない」
ことがとても多いので、そのことで
不利になってはならないと、周囲の人が
気を配っている必要があるということです。

以上、わかりやすくて、当たり前のことですが、
これが、守られているともかぎらないですよね。
ぼく自身も、この基本的な考え方を、
忘れかけていることがよくあることに気づきます。

そして、あちこちで、あれこれとややこしく
言い争われていることのなかには、
「じぶんではどうすることもできない」ことを
相手の弱点のようにちくちく突いて、
じぶんたちの立場を
有利にしようとする人たちもいます。

「じぶんで、どうすることもできない」ことは、
ある意味では、
じぶんの個性そのものでもあります。
それぞれが、誇りとして
認めあえたら理想ですけどね。

『こころの財産』

人の記憶というのは、
その人の財産なのではないか。
美しいとかたのしいとかばかりでなく、
みすぼらしいにしても口惜しいにしても、
すべての憶えていることは、
こころの財産なのだと思ってみる。

遠い景色のなかにいたありふれた犬。
名前も知らぬまま、かわいがったおぼえもない。
でも、あのガラス屋にいたっけなぁという記憶。

それは、やっぱり
こころの倉庫にしまわれた財産だ。

道を歩く老人の鼻のあたまに見つけた鼻水。
ふられたはずの女の子の、
いま思えばダサいワンピース。
自慢できるはずもない運動会の成績。
土に足でベースを描いてやっていた草野球。
机の引き出しから出てくるガラクタの数々。
昔やった仕事の、なんとも情けないファイル。
長いことかけていた古臭いメガネ。
捨ててしまってもいいものや、
忘れてしまってもいいような思い出は、

すべて「こころの財産」だったのだと気づく。
数少ない輝ける栄光の思い出も、
賞状やトロフィーも、もちろん
「こころの財産」だけど、
しょうもない経験や、貧相な記憶も、
それは財産にカウントされていいものなのだ。
だって、他の誰も持っていないものなのだから、
ぼくという人間の
こころをつくっている材料なのだから。
いや、あえてもっと言えば、
ぼくのしてきた小人物らしい悪事や、
手を汚したこと、

他人に見せられない
恥ずかしい感情やふるまいも、
すべてが、いまのじぶんの
「こころの財産」なのだ。

記憶のすべては、
懐かしさのコーティングをされて、
いまのじぶんの「こころの財産」に
なっています。
人間のこころって、まぁ、
ほんとにグロテスクでもあり、
ものすごく色とりどりなものだと思います。

「ありがとう」は、親しい者にも言えます。
「ありがとう」は、親しくない者にでも言えます。
「ありがとう」は、それどころか、敵にさえも言えます。
そして、その「ありがとう」は、
親しい者も、親しくない者も、敵も受け取れます。

受け取る「ありがとう」が欠乏すると、
生きる張り合いが減っていくんじゃないでしょうか。
そして、差し出す「ありがとう」がなくなると、
不機嫌が増加していくような気もします。

なんだろう、この魔法のようなことばは。
人間のこころの栄養素みたいですね。

「じゃ、愛しましょう」というわけにはいかない。
湧きあがってきた感情を「愛」と呼んでるだけですから。

近くの人たちのところや、
知らない人たちのところで、
赤ん坊が生まれている。

こんな世の中だから、
ろくでもない未来しかないだろうと言う人がいる。
そんなろくでもない未来を生きさせるのは、
こどもを不幸にするだけだから、
赤ん坊はつくらないと言う人もいた。
何十年も前から、そういう人はいた。

でも、近くの人たちのところや、
知らない人たちのところで、
赤ん坊が生まれている。

その信じ方は、なにか、
とても大きなことを表わしているような気がする。
赤ん坊は生まれてきて、
「ワタシハ　生キラレル」と信じきってそこにいる。

笑ったね。泣いてるよ。おっぱいのんでる。
こっちを見た。おしっこしたぞ。眠っているよ。
ひとりじゃ生きられないのは、わかりきったことなのに、
赤ん坊は、赤ん坊たちは、信じている。
それを見るぼくらは、
信じることのすごみを思い出したりする。

いいぞ、赤ん坊。
いいぞ、赤ん坊の成れの果ての、若い人、老いた人。

おもむき。

犬は、趣《おもむき》というものを
まったく理解しない。
おとうさんに、そう言われています。
なにを言ってるのかわかりませんが、
今日は、いいお天気でよかったです。

たっぷり。

昨日までは、紅葉を見に来る人で、
歩くのもたいへんだったそうです。
でも、今日は月曜日なので、
けっこうゆったりしています。

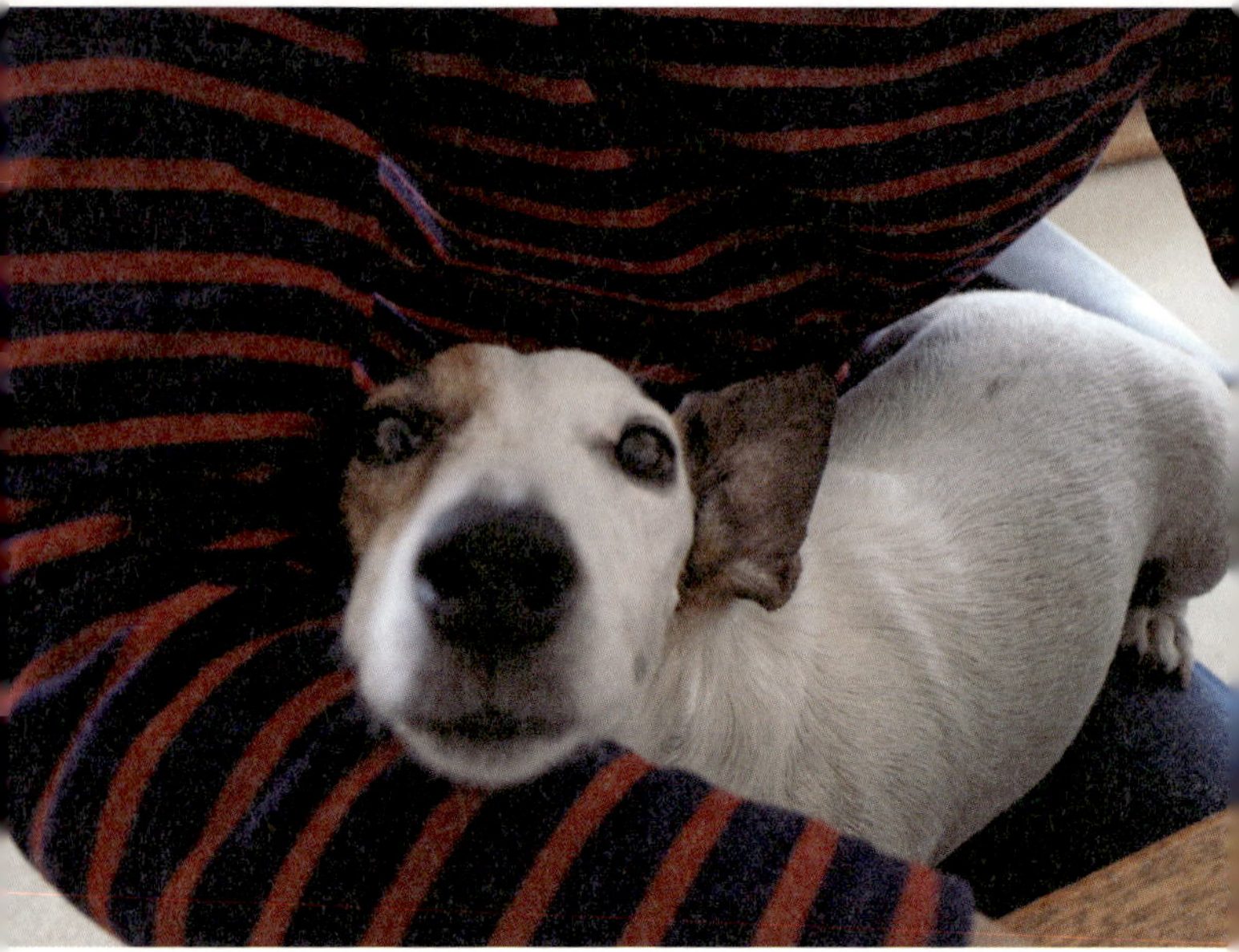

なに？
甘えてるんです。
あと、散歩にいくことを
うながしているんです。
ここで、じっとしてて、
体温を伝えることが
メッセージなんです。

そして、さんぽ。

やっぱり、散歩の時間には、
もう暗くなっていました。
いっぱいボール投げをしてから、
無人で売ってる「ゆず」を買いに、
川のほうへ向かいました。

大雨にうたれて落ちているどこかしらの熟し柿を思う。

桃のうぶげは、あんがいくちびるにいたい。

あんこは夢のなかで、
まだ青い小豆のさやだった。
弱々しくそして可能性に満ちた日々。
降り注ぐ雨、照りつける陽光、
頼りにしていた大地。
夢から覚めたら、あんこに還る。
砂糖と大人びた恋をして、
灼熱の鍋で踊り続ける。
黒い甘いあんこにもどるのだ。

「精神的非常食」というものがある。
自らの無力に涙する日、歓び少なき日常を恨みたくなる夜、
天涯の孤独を覚悟しつつ、なけなしの力を振り絞り立ち、それを食す。
あたしの「とらやのお汁粉」。

ああ、山田屋まんじゅうも、
よろしいですなぁ。
こしあん界のお姫様ですね。

だいふくもちはヌードであり
くわれるものだよ。

台風のなかを銀座まで
木村屋のあんぱん買いに行きたい明日のこと。

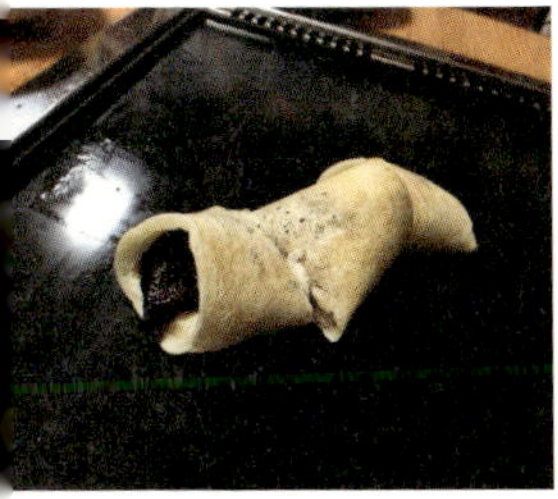

あんこの道は
ろんぐあんど
わいんでぃんぐろーどである。

〈いつか、わたしが大統領であるうちに、
「つぶあんの人」と「こしあんの人」が手をつないで
歌い笑いあうような世界をつくりたいと思うのです。〉
2013年俺のことば。

僕の君とコロッケについて。

糸井重里

ぼくはコロッケが好きだ。

この本のタイトルは、「ぼくの好きなコロッケ」としたのだけれど、実のことをいえば、たいていのコロッケは「ぼくの好きなコロッケ」だともいえる。

コロッケでありさえすればなんでもいい、というほど寛容な人間ではない。コロッケと自称していても、他のコロッケの名誉を傷つけかねないコロッケだってある。そういう性根のわるいコロッケにあったことはないが、あるだろうということは、想像に難くない。

しかし、おおむね、コロッケはわるくない。

コロッケが「庶民的」であるから好きだとは言わない。「庶民的」

であるということで、なにか大きな得点をあげたように思うのは、ずいぶんとイデオロギー的な気がする。貴族的であろうが、上流階級的であろうが、セレブっぽかろうが、中流階級的であろうが、開発途上的であろうが、知ったことではない。フォアグラであろうが松茸であろうが、トリュフであろうがマスクメロンであろうが、おいしいと思わなければ、食べる気にはならない。出身地も育ちも関係ない、ぼくにとって、コロッケはおいしいから好きなのである。

では、ぼくは、コロッケのどういうところをおいしいと感じているのだろうか。

まずは、「人体」としての人間が求める「あぶら」が、そこに自然にそこはかとなく存在していること。「あぶら」を人は必要としているし、だから「あぶら」をおいしいと感じるようにできている。申しわけないような気もするけれど、「あぶらを使わないコロッケ」というものがあったら、ぼくはお愛想笑いを浮かべながら遠ざけることだろう。

「あぶら」については、ほんとうは種類を問わない。家では、よくサラダオイルで揚げているのを知っているし、全国で売られているコロッケも、それぞれ、これがいいと判断した「あぶら」を使っていて、それはそれでちゃんとおいしいと思える。その上で、ぼく個人の好みを言わせてもらうなら、「ラード」で揚げたものがいい。豚の脂の「香り」と噛みしめたときにじゅっとでてくる「甘み」が、コロッケのおいしさに、肉料理感を加えてくれるのだ。

それはそれとして、「ラード」のことを「豚脂《とんし》」と呼ぶのを聞いたことがない。「ヘット」は「牛脂《ぎゅうし》」と言うこともあるのに、「ラード」については、「ラード」と呼んでいるようだ。以上は、まったくどうでもいいことなので、この数行については印刷せずに空白にしておいてくれても文句はない。また、「ラード」を「とんし」と呼んでいる人がいたら、あらかじめ謝っておきたいようにも思う。

「あぶら」、ここではひとまず「ラード」としておく。コロッケのおいしさの基本的なところが「ラード」であるとすると、その味をメディア化するのが、「パン粉」である。「パン粉」は、無数の微細に砕かれたパンである。小さな小さなパンを、「ラード」で揚げたもの。コロッケの表面には、この「微小なパンをラードで揚げた料理」がある。しかも、その料理は、互いに密接にくっつきあっていて、食感の連続性を演出している。コロッケは、まず、表面だけでもうまい「ラードを使って揚げたパン」の料理なのだ。

そして、さらに、この「揚げたパン」の料理は、これだけで完結しようとしていない。パン粉が、揚げられて、軽い軽い焦げ（コゲ）になる直前のところにあるとき、それは「薬味」として機能するのである。焦げる直前の「揚げたパン」は、何の「薬味」として働くのか。

表面が「揚げたパン」の料理であったのは第一段階で、次に待っているのが「じゃがいも」料理である。塩とコショウで薄めの味付けをした「じゃがいも」は、むろん、それだけでも十分にうまい。ここで「じゃがいも」の甘みを味わうのが一般に語られるコロッケの中心的な価値であろう。ここに、細かく刻んだ「たまねぎ」が加わり、香味野菜の役割を演じる場合もある。「たまねぎ」の甘みと香りは、「じゃがいも」のおいしさを複雑にしてくれる。さて、忘れてはいけなかった。「薬味」としての焦げる直前の「揚げたパン」は、この「じゃがいも」料理に関わるのだ。ともすれば単調になりがちな炭水化物の料理に、「ラード」に強く火を入れた「薬味」が加わることで、すばらしい脇役の登場する物語になるのである。

コロッケの中心は、「じゃがいも」の料理である。これは常識として語られていることではあるけれど、それによってのみコロッケを語らせるのは困る。中心を取り囲み、中心を包み、中心に混ざりこむことによって、中心を華やかに料理化していく「表面」の

「ラードで揚げたパン」のことを忘れてはならないであろう。

続けよう。コロッケ表面の「食感」についてである。コロッケと、それを食する人間が出合うのは、先ほどからくり返し言っている「揚げたパン」料理の部分からである。

この、中心にまだ触れる前の外側をかりっと揚げた部分は、人の口内、上側前歯で感じることになる。ここで歯の神経から伝わる「小さな破砕感」は、「かりっ」という音と共に、骨伝導的に耳や脳に響く。おいしい、というより、気持ちがいいのだ。その後は、砕かれた「揚げたパン」は、口内を奥歯の方向へ運ばれる。奥歯を挽き臼のように使ってすりつぶす歓びは、原始の人間たちが「我がものにした食料」を、よくよく確かめながら味わう快感を思い出させてくれるものであろう。

また、揚げたてのコロッケの場合、脂の熱さで上あごが火傷しそうになることがある。「揚げたパン」の鋭いイガイガが、薄い上あごの粘膜を傷つけることもなくはない。これらのリスクは、コロッケを食べるという物語に陰影をつけてくれる演出効果になっている。そうだ、コロッケは、少しだけれど危険な料理なのだ。

とろりとクリーミーであろうが、じゃがいもの姿を残しているようなほくほくであろうが、どちらもうまいとしか言いようはない。肉は多すぎなければ、差し支えもない。むろん、「ラード」で揚げているのだから、「じゃがいも」料理の部分に肉がなくてもかまわない。

「じゃがいも」という素材について、その品種のことだとか、よく寝かせたかどうかであるとか、あんまりうるさいことを言うつもりはない。それは、いわば、おいしさの路地を歩くような話である。なによりも、いちばん大事なことは、「揚げてすぐ食べる」ことだと、ぼくは思っている。「ぼくの好きなコロッケ」とは、あまりにも単純なのだけれど、「揚げたて」のことだ。

コロッケの日本一が決められない理由は、ここにある。日本の各地方で、各店舗の近くにいる人が、それぞれに「揚げたて」のコロッケを食べていたとしたら、それは、何に比べようもないほどうまいのである。おそらく、どれも、その時点で日本一のコロッケなのだ。仮に、どこかの会場においしいと言われるコロッケの店が集合して、揚げたてを食べ比べるようなイベントがあったとしても、おそらく「どれもうまい」ということになってしまうのではないだろうか。

かつて、ぼくは広告のコピーとして、「僕の君は、世界一」という一行を書いたことがある。「僕」にとっての「君」は、ぼくの決めた世界の一番、ただひとりの大事な人。それと、コロッケというのは、「僕の君」には怒られるかもしれないけれど、なんだか、ずいぶん、似ているように思うのだ。

写真・糸井重里

「僕のコロッケ」
あるいは、糸井重里の理想とするコロッケのひとつ。そのつくりかた。

レシピ・飯島奈美

材料（8～10個分）

じゃがいも	4個（約600g）
バター	20 g
塩	小さじ⅔（粗塩）
卵黄	1個分
玉ねぎ	½個（約100 g）
サラダ油	小さじ1
合挽き肉	150 g
塩	小さじ½（粗塩）
砂糖	大さじ½
こしょう	少々
揚げ油	適宜
薄力粉	適宜
溶き卵	1個
手作りパン粉※	適宜

※イギリスパンなど甘みの少ないパンをフードプロセッサーにかける。

つくりかた

①じゃがいもを蒸す。玉ねぎをみじん切りにする。
②フライパンにサラダ油をひき、弱火で玉ねぎを炒める。
透明になったら一旦取り出しておく。
③同じフライパンで合挽き肉を炒める。
途中、油がたくさん出たら大さじ1程度残して、
ペーパーなどで吸い取る。
砂糖、塩、こしょうを加えてなじませ、冷ましておく。
④じゃがいもに火が通ったら皮をむき、ボウルに入れる。
バター、塩を加えてつぶし、
玉ねぎ、合挽き肉、卵黄も加えて混ぜる。
⑤8～10等分して小判形に成形し、
薄力粉、溶き卵、パン粉の順に衣をつける。
⑥175～180度に熱した揚げ油で約3分色良くあげ、
油を切る。お好みで、せん切りキャベツをそえても。

北へ向かって歩きながら、
南に行きたいと言っているようなことは、
ほんとうによくある。

ぼくは、オーラ出てる人って、一人も会ったことないなぁ。

光の側を見ることを、能天気だと思う人もいるでしょう。
影を語るほうが、真剣で深いことに見えたりもします。
でもね、光の側を見ている人、そうそうバカでもないし、
影ばかり語る人、さほど優れているということでもない。

少数意見はまちがっている、ということもないけれど、
受けいれられないほうこそ正しい、なんてこともない。

なんだか、たくさんの人の、とても多くの時間が、「正解」を探すことに費やされているように思えてなりません。

いや、遠慮なく言えば、「正解」探しばかりで人生終わっちゃう人ばかりじゃない？

こういう女性に、こんな出合いをした……どうするのが正解だろう？

新聞で、こういうことが問題になっている……どういう意見を持つのが正解だろうか？

レストランでメニューを見ている……どれを注文するのが正解だろうか？

どう生きたいのか問われてしまった……どう生きたいのが正解だろうか？

こんなことばっかりのような気がするんです。「正解」じゃないことを選ぶと、損？　悪？　迷惑？

「正解病」ってのが、いまの時代病のような気がする。

なにかをスタートしたいとき、「わかってからはじめたい」という欲望は、もう、病気みたいなものかもしれません。

ほんとはね、楽典を習わなくてもギターを弾いたり、音楽をつくったり歌ったりすることはできます。水泳の教則本を読んでなくても、泳ぎはじめられます。初対面の人のことを調べなくても、友だちになれます。

よっぽど他人に迷惑をかけるかもしれないとか、危険なことでもないかぎり、「よくわからないうちに、はじめていました」と、可塑的につくりあげていくことって、いくらでもあるはずだと思うんですよね。

泳ぎたかったら、本屋に行くのではなく、海に行け。おもしろいことを思いついたら、近所のバカに語れ。「いいぞいいぞ」という声が聞こえたら、そのまま行け！

世の中にはおもしろい人がいるもんだねぇ。
世の中にはつまらん人がいるもんだねぇ。
世の中にはやさしい人がいるもんだねぇ。
世の中にはこわい人がいるもんだねぇ……
と、ぜんぶ言えるわけなので、
結局「世の中をどう見たいか」のちがいになっちゃうんだな。

自分の発言というのは、自分という生身の人間と地続きですから、
「自分が生きやすいように」発言してしまうんです。
それはそれで自然だと思うんですが、
大切なことがそれで曇ってしまうとしたら、やっぱりよくない。

まだ練習をはじめてもいないときから、
「コツ」を知ろうと思っても、なーんの意味もないし、
それは、ほんとうに「ものにしよう」というときには、
かえってじゃまになるような余計な知識なんだ。

まだよちよち歩きもできないような段階で、
「ちょっとおぼえたら、すっとうまく行く」なんてこと、
絶対にないから、ほんとに絶対にないからね。
必要なのは、「コツ」だのなんだのじゃないんだよ。

他の人が考えてない時間も、考えることだったり、
みんながあきらめていることを、
あきらめないでなんとかしようとしていることなんだ。
「コツ」なんてことばを忘れるくらいになったら、
他人が訊いてくるんだね、
「コツはなんですか？」と。

「変わらないつもり」の人を、変わらせることは、
ぼくは、ほぼあきらめることにしています。
できることなら、あらゆる人が
「じぶんって変わるものだ」と思っててくれたらなぁ。
「変わる」ことを怖れない人どうしだったら、
人に会うことは、たいていたのしいと思うんです。

誰にも嫌われないように、
ひとりも敵にならないように、
生きようとしているのが、
現代の人間のように思います。
そのほうが平和だから、そのほうが安心だから、
そのほうがうまくいくから、そのほうが怖くないから。

ぼくにも、そういうところはあります。
敵にじっと見つめられながら生きているというのは、
それだけで十分にストレスになります。

無益な争いをしながらやりたいことをやるのでは、
発揮できる力が分散してしまう怖れもあります。
むろん、たくさんの人と共感しあって生きるほうが、
いいに決まっているのだと思います。
でも、それは、「夢みたいなもの」です。

事実として、そういうことはない。
無菌室に菌はいないかもしれませんが、
無菌室にもその部屋の外《そと》がありまして、
そこは無菌状態ではないわけです。

ぼくは「自由」を大事にしていきたい。
「自由」についての討論がしたいわけじゃないんです。

街の歩道に、落葉樹の葉っぱがたくさん落ちる。
風情があると思うのは、一瞬だけで、
たいていはただのゴミになってしまう。
「落葉反対!」と叫ぶのか、
「行政のゴミ処理問題をなんとかしろ」というか、
「ゴミになる木を植えた者の責任」を問うのか、
「落葉しない落葉樹の研究」をはじめるか、
「ゴミとはなにか」を論議するのか、
「樹木を伐採しよう」というのか、

「落ち葉を管理してくれる業者」を探すのか?
それとも、
「家の前の落ち葉を掃除する」のか?
「できること」とは、最後のひとつだったりする。
「ほぼ日」の入っている古いビルの1階は、
昔からある洋服屋さんである。
その店の女性たちが、落ち葉を掃除しているのを見た。
この季節の街は、こうやってきれいになっている。

倫理や高潔に期待するものは、たいてい知恵と寛容を忘れている。

気に病んでいるだけなのは、祈ってるとは言わない。
心配しているだけなのは、考えてるとは言わない。

「じゃあお前がやってみろ！」は言わないが、
「じゃあお前は何をやってるんだ？」は言う。

地球環境の今後について、この国の行く末について、
口角に泡をためて大声を出すのは、あんがい簡単である。
ただ、言ってればいいからだ。

家族の不仲がどうにもならなくなったとか、
子どもが病気になったとか、職を失ったとか、
店がつぶれたとかという問題については、
声を出すより先に、どうにかしなくてはならないので、
少しも簡単ではないし解決の道を見失うことだってある。

新聞の一面に出ているようなことについて、
あれこれ語っていると、なんだか
むつかしそうで高級そうなのだけれど、
考えようによっては、誰にでもできる簡単なことだ。
家のことやら、近所の問題があったとき、
しっかりと解決することは、実にたいしたことである。

近いところのことを、ちゃんとできる人になるには、
どうしたらいいというような勉強の方法もコツもない。
じぶんの頭を使って、やけにならずに、

できるかぎり悲しむ人のいないように、
誠実にやることだけなのだろう。
それができるのが、ちゃんとした人なのだと思うのだ。

そんなことを言っているぼく自身が、
ちゃんとした人であるとは、決して言えない。
遠い距離のこと、遠くて見えないおおぜいの人たちとは、
曲がりなりにもつきあえているようにも見えるが、
果たして、近いところでちゃんとした人であるか。

時代劇のころだって、現代だって、
なんだかでかそうなところを舞台にしている人たちや、
天下国家を論じたがる人たちのなかには、
あんまりちゃんとした人はいなかったという気がする。

無数の無名のちゃんとした人が、
これまでも、いまも、たくさんいることこそが、
いい社会なんじゃないかと思う。
ぼくの好きで尊敬している人たちは、たいてい、
「ちゃんとしようとしている人」だったりする。

ぼくは、じぶんが参考にする意見としては、
「よりスキャンダラスでないほう」を選びます。
「より脅かしてないほう」を選びます。
「より正義を語らないほう」を選びます。
「より失礼でないほう」を選びます。
そして、「よりユーモアのあるほう」を選びます。

いつも、どこも、現場の人たちが手厚く遇されますように。

写真・齋藤陽道

人の一生は、
なにを言ったかでもなく、
なにを思ったかでもなく、
なにをしたのか、
ただそれだけなんじゃないかなぁ。

こう、たとえばさ、
今日っていう日に、いろんな人がいろんなことしてる。

ギター抱えてるやつが、
いままで弾けなかったフレーズを
必死になって練習してて、弾けるようになったとか。

とても、怒りっぽい男が、
誰かの言うことにしっかり耳を傾けて、
じぶんの考えをあらためることが
できるようになったとか。

いままで引っ込み思案だった子どもが、
じぶんで切符買ったり、じぶんで弁当食べたりしながら
夏休みのひとり旅ができたんだとか。

食べることの好きな人が、
料理本と首っ引きで、
新しいおいしい献立に挑戦して、うまくできたとか。

これまで面倒だなぁと思っていた本なんだけど、
読み出したら止まらなくなって、
最後まで読んでしまったんだよ、とか。

「わたし」が、なにかできるようになったことだとか、
「わたし」が、ちょっとましになったとか、
そういうことの積み重ねが、
「この世界」をつくっていくんだと思う。

じぶんが、上手になること、
じぶんが、もっとできるようになること、
それについての期待や希望がさ、
誰かに期待したり頼んだりすることよりも、
先にあるべきなんだと、ぼくは思っている。

「わたし」が、なにかを片づける。
「わたし」が、いいこと考える。
「わたし」が、誰かの助けになる。
今日という日も、そういうことができる日だ。
それぞれのいろんな人が、いろんなことをする日だ。

吉本隆明さんが、最晩年に
いちばんくり返し言ったのは、
「沈黙」ということばではなかったか。

とにかく、「ことばの幹と根は沈黙なんです」と、
何度も何度も聞いた。
そして、「沈黙」というのは
「自己問答なんじゃないでしょうか」と。

じぶんがじぶんに問いかけ、じぶんがじぶんを疑い、
じぶんがじぶんに教えられ、じぶんがじぶんをたしなめ、
じぶんがじぶんを励まし、じぶんがじぶんと交わる。
問答の材料は、他人から受け取ってきたものもあるだろう。
聞きかじりも、読みたての智恵や知識もあるだろうが、
それを、ひとり、自己問答することで、
じぶんの考えが生まれてくる。
ぼくはそんなふうに受け取っていた。

矛盾が矛盾のままであることも、いくらでもある。
解決や正解といったものから離れていってしまうことも、
いまはあえて棚上げにしていることもあるし、
さらなる熟成を待たねばならないこともある。
じぶんのこころのなかで、さんざんやりとりされる問答。
それが無言のうちにこころのなかで行われている。

自己問答があったか、つまり沈黙の時間はあったか。
そこを経ている考えかどうかで、ことばの根がわかる。
ぼくが、よく人のことばにうたれるときに、
「あの人、それについてさんざん考えてきたんだよ」
と思うことが多い。
たっぷりの沈黙を根に抱えていることばは、生きている。
少なく語って、少なく力になれたら、強くなれると思うよ。

読んでくれる人を、
先に信じることによってしか、
信じられることばは発せられない。
信じろとは言えないのだから、
信じるからはじめるしかない。

それはさておき、月をみよ。

Hold on. Look at the moon.

こころのなかのプールサイドで、
足を水につけてばしゃばしゃしている。

I'm dipping my feet and splashing
at a poolside in my heart.

日曜日に大事なことは、
よく寝ること、日に当たることだね。

The key for Sundays:
Enjoy slumber. Enjoy the sun.

ぼくの所属しているイケメンクラブでは、
「女除け」の香水を配ってます。

Women Repellent Perfume
courtesy of the Hottie Men's Club

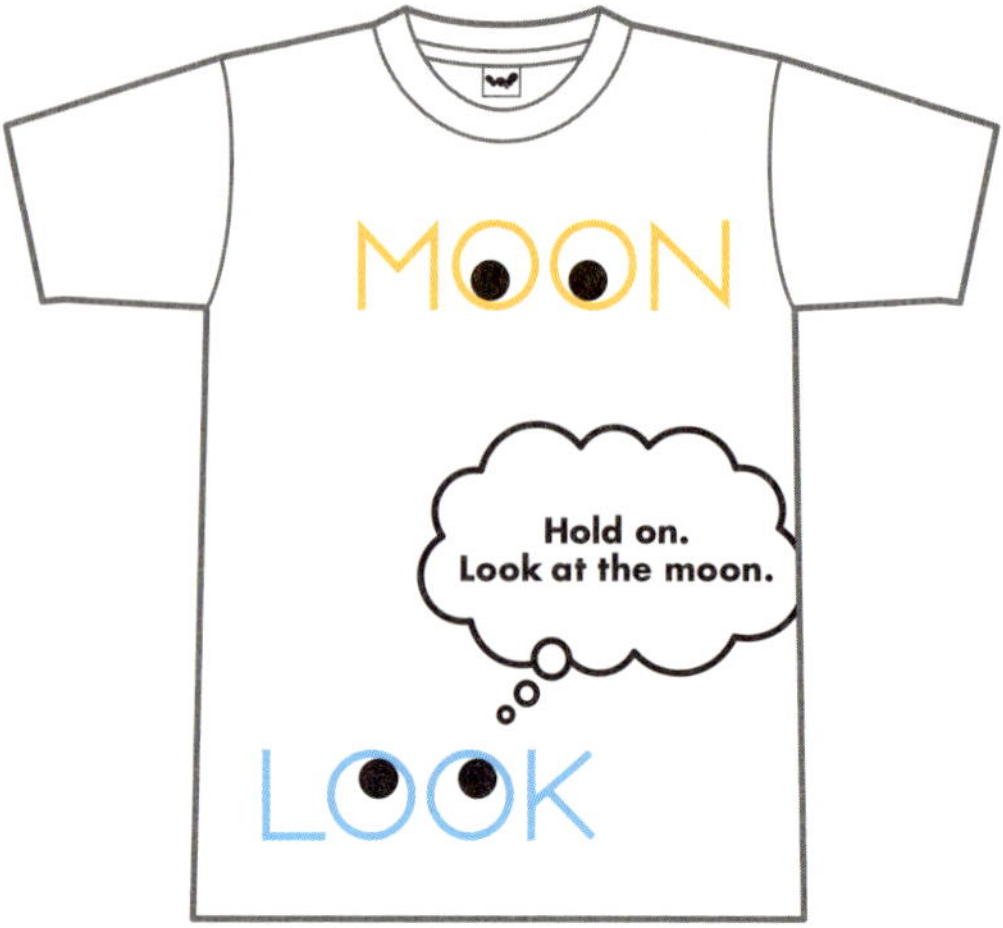
MOON
Hold on.
Look at the moon.
LOOK

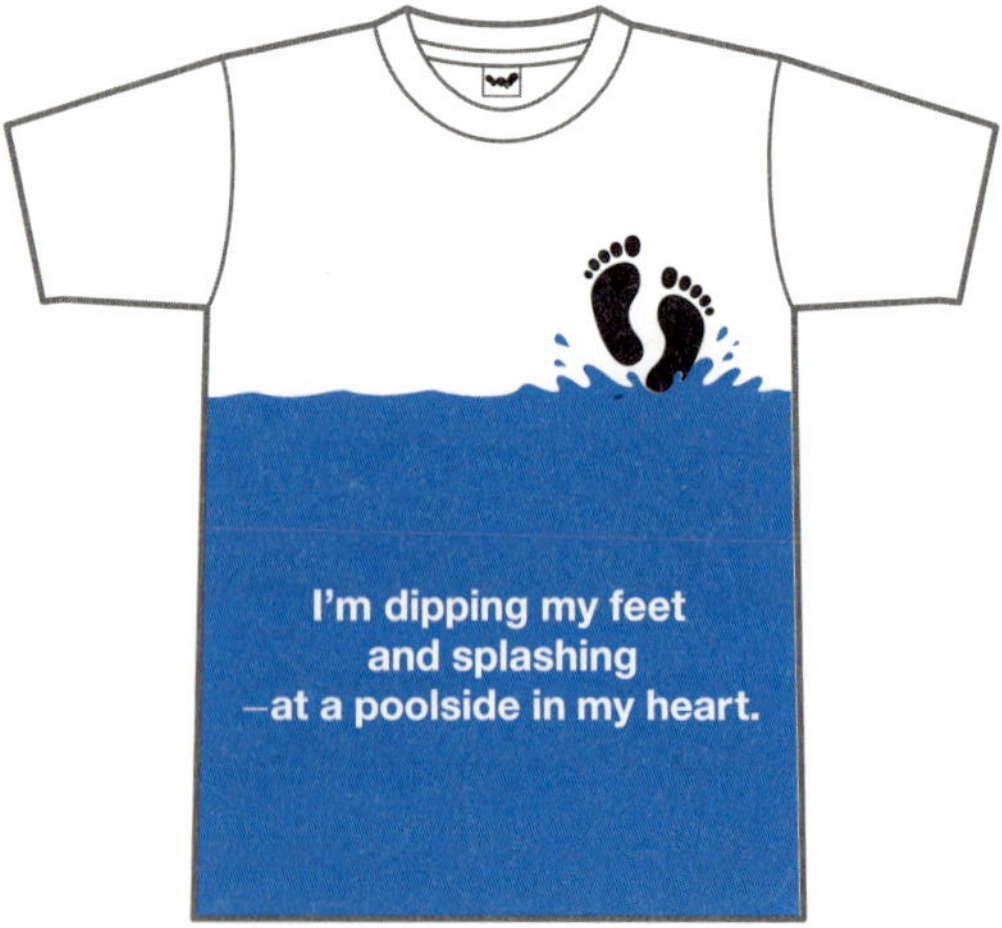
I'm dipping my feet
and splashing
–at a poolside in my heart.

The key for Sundays : Enjoy slumber. Enjoy the sun.

Women Repellent Perfume
courtesy of
the Hottie Men's Club.

デザイン・秋山具義

「CAN'T AMA」が縮みあがるぜ!

I IOVE KOROKKE.

恋をしている人が、
ひさびさに恋人に会うときみたいに、
少し心臓の鼓動を速くして、
顔から前に進んでいく。

ああ、日本中の素敵な女性のところに、いま、午後がくる。

ああ、日本中の昨晩のおでんの残りにも、いま、翌日の午後がくる。

え？　詩だよ。

千年のちの午後を、わたしは何処で迎えよう。

いいなぁ、寝るってのは。
山の奥のほうに「おやすみ処　すやすや」とか、
あったら二三泊してみたいね。

うさぎちゃんのかっこした「バニーガール」よりも、
みつばちさんのかっこの「みつばちガール」のほうが
好きかもしんない。

イラスト・サユミ（ほぼ日）

「ギャツビー」っていうカレー屋、一軒くらいありそう。

「ねぇ、まさおくん。
あなたがヤギだったときの名前を教えて？」
「いいのよ、まさおくん。
じゃ、それじゃぁ、
あなたが焼きいもだったときの糖度を教えて？」

ヘビ、どう?
しゅるしゅるしゅる、ですよ。
手も足もないのに、なんですか、あの素早さ。
空を飛ぶ鳥に憧れるばかりが歌じゃないよ。
『蛇になりたい』って歌、どうしてないのかな。
あの、しゅるしゅるは憧れられないのかしらね。
長い舌をチョロチョロなんてのも、やりたくない?

最初にナマコを食べた人間はえらいとか言われるけれど、
ぼくが思うには、大昔、
人間はナマコであろうがウニであろうが、
食べられるものなら食べていたんじゃないか。
あえて、この話をまっすぐに直すなら、
いつごろから、人間はナマコだとかウニだとかを
「きもちわるい」と感じるようになったのか、だ。

たくさんの男子諸君、思いだしてみよ。
たしか、きみは
「バレンタインは医者にとめられている」
はずだったろう?!

仮にね、仮にだよ、
こう、じぶんが、ま、宇宙人だとするじゃない。
これまでの地球だの日本だのの事情は知らないとしてさ、
降り立ったとするじゃない、地球の人の変装でさ。

そしたら、とにかく、まず怪しむのは「スマホ」だね。
地球人のやつら、みんな「スマホ」っての見てるもん。
なにかの指示が出てるとみたね、この画面に。
指先でさわったり、なにか出てくる音を聴いたり、
いろんな通信をしているらしいけど、
そのすべてを管理してる本部があるんだろうね。
本部と、ひっきりなしに交信してるんだな。

もしかすると、あれだね、

本部にいるのが地球人ってやつで、
「スマホ」のひとつずつにつながってるのは、
端末機械の人形かもしれねぇぞっていう可能性もあるね。
本部を探ろうとするだろうね、おれら宇宙人としては。

そんで、地球人の住居だとか、集まってる場所には、
「コンセント」ってものが無数にあるって知ったよ。
なにからなにまで、この「コンセント」ってところに、
差し込んでつなげてるんだよね。
これはこれで、本部ってものがあるのかもしれないね。

宇宙人としては、地球人から、
「スマホ」と「コンセント」を奪って戦争しかけるかね。

だいたい「エロチックサスペンス」って、
カツカレーみたいにおトク過ぎるよなぁ。

大地に耳をつけて、音を聞くんだ。
わかるか、わかるか、野球の足音だ。

「恥骨」という名前は、「肋骨」やら「肩甲骨」などに比べて、ネーミングのされ方がちょっとヘンなんじゃないの？
正式の名称らしいですけど……。

夫の冗談やダジャレを受け流す、妻の高度な会話力よ……。

任天堂の山内さんが亡くなったときに、「ぼくの人生をおもしろくしてくれた」人だ、と思った。この人がいたから変わった運命というものがある。すごいことだなぁと、つくづく思えた。

そういえば、と吉本隆明さんのことを思い出した。吉本さんにも「ぼくの人生をおもしろくして」もらった。この人がいなかったら、ということは想像もできない。

先日は、堤清二さんが逝かれた。ああ、この人も「ぼくの人生をおもしろくしてくれた」。30歳そこそこの「わかぞう」に、しっかり本気で相手をしてくれていた。

「人生をおもしろくしてくれた」ということばは、山内さんのことを考えていて思いついたのだけれど、これは、ぼくにとってずいぶんと大きな発見だった。

亡くなった人ばかりではない。昨日コンサートを堪能したばかりの矢沢永吉も「ぼくの人生をおもしろくしてくれた」人だ。やっぱり、この人がいたせいで、ぼくの人生はたしかに変わったと思える。

生きている人をひとり思いついたら、身近な人びとについても、いくらでも思いついてしまう。

いちいち言わないけれど、小学校時代のクラスメイトや、何人もの先生たち、失恋のお相手やらなにやら、ひょっとすると長いこと嫌いだった誰それだって、「ぼくの人生をおもしろくしてくれた」人だと思える。人間以外の動物やら、エジプトのピラミッドやら、昔の人が書いた本やら映画やら音楽やら……切りがない。

もともとたったひとりの山内さんのことを考えて、ああ「ぼくの人生をおもしろくしてくれた」と、感謝と感慨をこめて思ったことばが、勝手にころころと転がって、大きく増殖していく。ごめんなさいね、山内さん……でも、こうやってたったひとりを想像した気持ちが、こんなになるのって、とてもおもしろいことですよね？

ぼくらも、あなたの人生を、おもしろくできますように。

堤清二さんが亡くなったと知って、
「終わろうとしているなにか」を感じた。
年号ではないのだけれど、なにか、
ある時代までの文化が、消えていくように感じている。
それをことさらに惜しむつもりはないのだが、
「ほんとうに、時代って入れ替わるんだ」
という思いが強くなっている。

これはぼくの勝手な感覚みたいなものなのだけれど、
「元」がなくても、イメージはある……という時代が、
ほんとうにやってきているような気がしている。
これが、デジタルということなのかもしれない。

台風だの、津波だのという大自然の暴力があるから、
例えばゴジラだって生まれたのだと思う。

どくんどくんと胸が高鳴る身体に照らし合わせて、
人は、恋愛の物語や歌を楽しんでいた。
「元」になる自然があって、そこから表現されるものが、
人びとの共感を呼んだりしていた。

かたちのないものでも、よくよくたどっていけば、
必ず、原型になる「元」があるように思えた時代。
その時代を凝視していた人たちが、次々に他界していく。
入れ替わっていくのだなぁ、と思わせられる。

観念にしかすぎないはずの数字が、別の数字を生み出し、
そのまた数字が、増殖してさらに複雑な数字を生み出す。
それで、ぜんぶ間に合うはずはないと思いつつも、
どんどんそうなっていくという変化を、ぼくは見ている。

年上の人に会うというのは、
なにかしら運のいることだと思うのです。
同い年だとか、年下の人たちと会うのは、
じぶんの意思がおおいに働きます。
しかし、年上の人に会うには、
その相手の「いいよ」という許しがいるように思います。

ぼくが、旧式の人間で、長幼の序みたいなことが
身に付いてしまっているのかもしれませんが、
年上の人からは、贈り物をもらってばかりです。
それは、こんな年齢になったいまも同じです。
じぶんのことを、幸せものだなぁと思います。

さらに、このごろ、ちょっとわかりかけてきたのですが、

年上の人たちは、この世に籍を置かなくなってからも、
あいかわらずの贈り物をくれるんですよね。
図々しく「ください」と言うからなのか、
「いくらでもどうぞ」とばかりに、相手をしてくれます。
そんなふうに贈り物をくれる人が、
増えるばかりなのが、ありがたいような残念なような。

ああ、ぼくらはもう、許されてばかりだな。
そういう気持ちです。
許されているぶんくらいは、許したいものです。

年上の人にいただいた贈り物は、
減ってなくなるものではないので、また年下の人に贈る。
そういうことなんだろうなぁと、しみじみ思います。

行くか　ボイジャー　さみしくないか

イラスト・福田利之

はやおき。

おとうさんが早起きして、
犬を起こしました。
「さぁ、もう行くんだ」と、
おおいにはりきっています。
犬も文句はありませんとも。

はやめのさんぽ。
そろそろ帰りましょう。
最後のシーンは、
「劇団シルエット」の登場です。

ある選手をいいなぁと思ってるのは、別の選手なんだよね。

「選ばれようとして調整されたじぶん」が
選ばれてしまうのは、互いにとっていいことなのか。
「選ばれること」って、ほんとは目的じゃないはずです。
選び選ばれた先で、互いが喜べることが大事ですよね。

人という、こころを持った者は、
そのこころを、手や足以上に使える。

好奇心というのは、好奇心がむずむずしているときが、
いちばんおもしろいんですよね。
ただの正解が知りたいという欲望というよりは、
正解というご本尊を拝観する前に、
山道の参道を歩いているのがたのしいんです。
それが好奇心というものなんだと思います。

「気合い」って、あるよ、絶対。
なかったら、雨だれほどのしずくから、
ぽたぽたと溜めていくしかない。
「気合い」は、分量が必要だからね。

人間というものは、「一喜一憂」したいのです。
「一喜一憂」が、好きなのです。
いつだって「一喜一憂」がしたくて、
「一喜一憂」を探しているのです。
「一喜一憂」をたくさんさせてくれる状況のことを、
「おもしろい」と言うのであります。
なぜ、若い女性が「不良っぽい」男性に惹かれるのか。
「一喜一憂」させてくれるからです。
おもしろいと言われる映画も、
おもしろかったぁと言いつつ帰る野球の試合も、
「どうなるかわからない場面」の質量が満足感でしょう。
つまり、それは「一喜一憂」の回数ではありませんか。
実力とは、「一喜一憂」しない確実性。
人気とは、「一喜一憂」させるスリル。

こんなことになったら、「じぶん」はどうするんだろう？
こういうことが起こったら、どう立ち回るんだろう？
「じぶん」というものは、わからない。
わからないなりに思うのは、
「とっさ」に心の奥が見えたときに、
多少でも、「ああよかった」という行動が
とれたらいいだろうなぁと、その程度のことですかね。

とっさの「じぶん」が、じぶんの育てた「じぶん」だよな。

基本的に、「求めるものは2番目に置け」なんだよ。

人に見えるところで仕事をしている人は、
ずうっと、絶え間なく
「あなたは、ダメになったね」と言われ続けている。
そのなかには「ほんと」というカケラが混じっているのですが、
それはじぶんで見つけないとしょうがないものなんで。

あらゆる表現、実はほんとに重要なのが「技術」ですよね。

「一度やってみたいと思ってる」ことを、
本気でやろうとしている人は、
昨日も今日も、そのためのなにかをやっているんです。
そして、夢のように夢を語るだいたいの人は、
本気じゃなくて、いつか忘れちゃうんです。
本気に対して、本気じゃない者は謙虚であれ。

ほめことばとしての「ばか」は、こころから。

「ぜんぶは無理だ」っていうこと。

やりたいことが、いろいろあるのはいい。
頼まれることがいっぱいあるのも、よかろう。
知っておくべきこと、まだ山のようにあるだろうよ。
できなくて恥ずかしい思いをすることもあるし、
得意なことはもっと上手になりたくて、
誰かの力になれたらいいなとも思うし、
健康も保っていたいし、
あちこち旅して見て回りたいし、
ゆっくりからだも休めたいし、
おいしいものも食べたいし、
おしゃれもしたいし笑っていたい。

そんなにいっぱいのこと、できるわけない。

「ぜんぶは無理だ」って、当たり前のことなのに、
できている一つ二つのことよりも、
やれてないことのほうを勘定してしまう。
永遠に生きられるようなつもりでいるから、
山のように積み上げたやりきれっこない課題を、
あきらめないで積んだままにしておけるんでしょうね。

まずは「ぜんぶは無理だ」。そして、順番をつけること。
決めちゃったらその順番で取り組むこと。
堂々と、自信家のようにふるまい、
じぶんで決めた順番にしたがって平然と休むこと。
「ぜんぶは無理だ」は、ぼくのため、君のためのことばです。

「両方だよ!」と、こころのなかで、
叫ばせてほしい。
「両方なんだっつーの!」でもいい。
片方のことだけだと思ってちゃ、だめなんだよなぁ。

男と女、という性別がある。
男は、ただひたすらに男なのか。
女は、まるまるぜんぶ女なのか。
そんなこと、あるはずがないわけだ。
男のなかに女はいるし、女のなかに男がいる。

「集中しろ」と言うことがある。
「リラックスしろ」とも言われるだろう。
どっちだ、どっちかか?
「両方だよ!」
集中をするということのなかに、
リラックスは含まれているし、
リラックスできるから集中はできるはずなんだ。

大人であることと、子どもであることも、
どちらかだけなんてことは、ありえない。
矛盾? してないよ。
たくさんの人びとが、どっちかに偏りすぎなんだよ。

正しいことのなかに、よくないことは含まれてるし、
よくないことのなかにも、
正しいことは見つかるだろう。

都市がいいだの、自然がいいだの、
デジタルか、アナログかだのと、
争ってケンカするのも虚しいことだと思うよなぁ。
ほんとは、ほんとに「両方だよ！」。
昔はよかった、いまはすばらしい……両方だよ！
マーブル状に混じり合ってるのか、

ポン酢しょうゆのようにひとつになっているのか、
チェッカーフラッグのように
組み合わさっているのか、
互いに互いを呑み込んでいるのか、わかりませんが、
どっちかだけにしようとしたら
行き詰まるに決まってる。

「両方だよ！」と、思い出すこと。
いいところを見る、いいところを知る、そして使う。
どっちかだけだと思おうとするから、不自由になる。

「ぼくには、とりたてて不幸がない」

ということを、じぶんの弱みだと思ってる時代があった。

平板で、山も谷もなく、危険もなく、劇的でないのだ。

そのことに耐えられないとか、思っていた。

いや、正直にいえば、それをテーマとして発見していた。

つまり、テーマなんか持ってない不安が、テーマだ。

そういうことを、漠然と考えていた時代があった。

誰のことでもない、ぼく自身のことだ。


いま、そのころのじぶんに会ったとする。

そしたら、ぼくはなにを言うだろうか。

「めんどくさいやつだ、でもじぶんだからしかたない」

そういう思いから、はじまるのかな。

「じぶんでやったことが、なにもないんだから、
なにもないと感じるのは、あたりまえのことだよ」
と、ほんとうのことを言ってやっても、
理解してもらえないような気がする。
「ふつうで平凡なりに、なにがやりたいの？」
と質問しても、ごちゃごちゃ理屈を言いそうだ。
ああ、じぶんのことながら腹が立つけれど、我慢する。

「どうやって、食っていく？」

そこからしかはじまらないような気がする。

あるいは、家族を「どうやって食わせていく？」。

若いぼくからしたら、いちばんいやな質問だろうな。

ぼくに「芸」があるとすれば、
あるいは「芸」をしているとすれば、
なるべく「芸」がなくてもやっていけるように
工夫をし続けているということではないだろうか。
パンツ一枚程度は、はかせてもらいながら、
暑くても寒くても裸でいられるなら、それが理想だなぁ。

若い人たちには、どう見えるかわかりませんが、
「みうらじゅんだって、進化してきた」んだよ。
いまのみうらじゅんは、過去のみうらじゅんの進化したかたちなんだ。
あ、おれだってそうさ。

なんか、こういうときは、「だましだまし」過ごす。
なかなか高度なテクなんだよ、「だましだまし」ってね。

不安は、青春の前提だろう。

BEBA

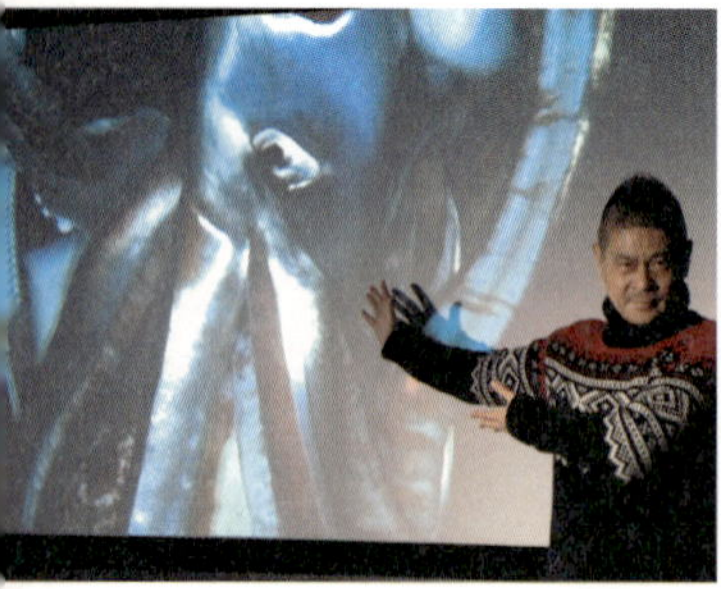

北の海女
ようこそ北三陸市へ

ぼくは、「役に立つ」が好きです。「役に立つ」が目的、というのではないのです。結果的に、ちょっと役に立ってるというのが理想です。▼とても、シンボリックに言うと、「果物の実っている木」が好きなんです。りんごの木とか、オレンジの木とか、梅の木とか、それぞれ実がなりますよね。食べることが目的というわけじゃないのですが、たとえばりんごが実って、食べておいしかったら、ものすごくうれしがると思うんです、じぶんが。で、しかも、大事なことなのですが、りんごが実っている木の様子を、ぼくはとても「美しい」と感じるんです。▼松の木でも、杉の木でも、椿の木でも、桜の木でも、食べられる実のならない木を嫌いなわけじゃない。でも、果実のおいしそうになる木が好きみたいです。

名人といわれるような方々というのは、たいてい「たいしたことはやっていません」と言います。スポーツの領域でも、研究の分野でも手仕事の方面でも、これ見よがしなコツやら、華麗な技を語りたがる人はいません。「当たり前のことを、当たり前にやるだけ」と、よく耳にするような謙遜なことを言うのです。▼思えば、経験の少ない者にとっては、「当たり前」というのが、どういうことか、つかみきれてないのでしょう。▼「当たり前」がどういうことであるかをわかって、その「当たり前」を確実に実現できるようになる。大声で語られるようなことでもないし、見るからに華麗な芸当でもないのですが、その結果、手に入れられるものが「華やか」だったり、人びとを感嘆させるようなものだったりするんです。

先に空にするってことが、大事なんだよなぁ。「ふ〜〜っ」と、息を吐き出すだろ。その吐き終わってできた空間を、新しいなにやらが急いで埋めようとするんだよ、きっと。▼水の入っているカップに、お湯を入れてもらっても、生暖かい水にしかならないでしょう。いったん、水を捨ててもらって、お湯を注ぐ。捨てる、空っぽにするのが先なんだと思うよ。でもねぇ、せっかくじぶんなりに溜めた水だから、なかなか捨てられないんだよねぇ。で、お湯を注ぐほうの人も、カップの水を捨てるのを待ってられないんだよなぁ。▼拾うより、捨てる。寄せるより、放す。吸うより、吐く。怖がらずに、これができるようになったらいいんだけど、いまだに、これが、なかなかやれないものなんだよねー。

「理想の」って、実はものすごくむつかしいんです。たとえば、理想のクルマ、どんなのですか？ 理想のホテルって、どんなのですか？ 理想のレストランって、どんなのですか？ 理想の結婚って、理想の学校って、どんなのですか？ 理想の会社、理想の家、理想の休日、理想の歯ブラシ、理想のりんご、理想の机、理想の椅子、理想のパンツ、理想の寿司、理想の靴、理想の枕、理想の温泉……。このひとつひとつについての「理想の」が、リアルに言えたら、そして周囲に感心されたら、そりゃぁもう、勝ったも同然なんじゃないでしょうか。▼「理想は、こういうものなんだけど、ただ……まだ無理なんです」と言えたら、あとは、できさえすればいいんだもの。「できさえすれば……って、それこそが難しいんだぞ」と、反論もあるでしょうが、それも承知しております。▼でも、どういうものが理想なのかを誤ったままに、技術やら環境が整って、それが実現したとしても、あんまり意味ないと思うんです。「いままでなかったけれど、こんなのがあったらなぁ」という理想が見えること、それこそが大事なんです。ほんとうの「理想論」って、現実を動かすと思うんです。

周囲や、相手が、こっちに向いて、「当然、知ってますよね」みたいな言い方をしたとき、その瞬間、「えっ!」と思うんだけど、どうしよう、知らないんだけど、と思うんだけど、ま、文脈から想像するに、知らなくてもごまかせるか、それに、こんなところで話の流れを停滞させても、みんなにも迷惑だろうしなぁ……というとき、なんとも微妙な笑いなど浮かべて、話をやり過ごそうとしてしまうこと。あ・り・ま・す・よ・ね・?ぼくは、あります。そういうこと、減らそうと努力してきましたし、ずいぶん少なくなったとは思うのですが、ないとは言い切れないです。▼あえて名前をつけるとすれば、「あたまよく思われたい欲」というのかなぁ。「わたしも、その、バカじゃないんですよ」とね、そんなふうなことを言っておきたい欲です。これは、じぶんにもちゃんとあるものだから、油断ならないということが、よくわかるんです。▼なんか、この誰もトクをしない「あたまよく思われたい欲」みたいなもの、これがあるから、ほんとのことが見えにくくなる。

例えば、大きな刃物を持っていたり、例えば、銃器のようなものを持っていたら、それを持っているというだけで、その過剰な力を意識して、人の心は安定を欠くのではないでしょうか。ぼくも、名刀と言われるような刀剣を、「持ってご覧なさい」と渡されたことがありますが、ただ刃物がそこにあるというだけでない、「胸騒ぎ」のようなものを感じました。▼刀剣も銃器も、人が自然には持っていない過剰な力です。その過剰さが見えやすいので、力を意識できます。でも、どんどんものをつくり出す工場だって、すごい分量の水を堰き止めているダムだって、鉄道だって自動車だって、みんな過剰な力です。犯罪的に口が達者とか、とてつもなく美しいとか、何兆円みたいな大きなお金だとか、インターネットみたいなすごいシステムだとかも、みんな過剰な力で、それは、すべて、刀剣や銃器が持っているのとおなじ、心の安定を損ねるような「胸騒ぎ」を抱えています。▼力というのは、必ず、とてもおもしろくて危うい。そういう「過剰さ」を感じながら扱わないと、いけないんだよなぁと、思うのであります。

さまざまな料理本があるけれど、薬味の分量について、細かく記されているものはない。冷ややっこの上にしょうがをどれくらいのせるのか。かつおのたたきに、にんにくは、どれほど必要か。その量について正確に教えてくれなどと言う人がいたら、それは、野暮というものだろう。秘密だというわけじゃなくても、「なんとなく、わかる」ことは、言わないものなのだ。▼世の中には、こういうことはいくらでもある。「なんとなく、わかる」ことにしてあって、人が黙っていることが、あちこちにあるものだ。▼しかし、ぼくは、ここで、薬味の分量についてだけは、ことばにしておこうと思った。いや、いい言い方を思いついたというだけなんだけどさ。▼「嫌じゃない程度に」▼これでよいのではないだろうか。「薬味は、どれくらい入れたらいいんですか?」などと野暮な質問をぶつけられても、もう大丈夫。「嫌じゃない程度に」と答えればいいのだ。▼この「薬味理論」は、まだ生まれたばかりだけれど、なんかものすごく応用が利くと思うよー。人生に「薬味みたいなもの」、いっぱいあるもの。冗談とか、軽口、場面によっては下ねたなんかも、そういうものだと思うので、ぜひ、応用してみてね。

「いろんな種類の忙しさ」ああ、これはおれの運命のような気がする。「いろんな」興味もあるし、「いろんな」人もいて、「いろんな」やり方もあるし手伝い方もあるから、どうしたって、やることが「いろんな」になっちまう。そのあげく、毎日毎日、やり残した「いろんな」が、「いつやってくれるの?」とおねだりしてくるんだ。やるよやるよ、忘れちゃいないよ。そうやって、外に置きっぱなしにしておいたはずの「いろんな」がぴーちくぱーちく合唱しはじめて、今日も、明日も、「いろんな」をやってるうちに、もう眠らなきゃの時間がやってきて、どたばたとベッドに潜り込んで、「いろんな」夢などを見たり「いろんな」寝言を言ってるのであります。▼でも、「いろんな」はやめられないからなぁ。「いろんな」をすることで、いつも真剣にもなれるし、いつも休めるということでもある。「いろんな」

をやっているということは、いわば別の筋肉をつかってるようなものだから、つかってない筋肉は、やすめるんだよね。しかも、「いろんな」をやっているかぎりは、馴れないことが混じるから、わりと飽きずにいられる。「いろんな」をやらないと見えてこない視点が、別の場面で役に立ったりもする。そういうわけで、ぼくは「いろんな」をやめないので、「いろんな」忙しさでどたばたし続けるというわけだ。▼さて、今日は伊賀方面に「もちつき」に向かうぞー。

篠山紀信さんは、学校を出て広告制作会社に入ったとき、「アシスタントはしたくない」と言ったそうだ。なまいきだと叩かれたらしいけれど、その会社の先輩である和田誠さんが、かばったそうだ。「あきらかに、おもしろいやつだったんだ」という。▼その和田誠さんは、学生時代に大きな展覧会で最高の賞を獲ってしまったせいで、入社したときすでに、アシスタントがついていて、仕事をまかされていたのだそうだ。▼和田誠さんは、『話の特集』という雑誌の、アートディレクションをまかされたとき、ギャラを要求するのではなく、キャスティングをまかせてくれと言ったという。そして、表紙をはじめとして大々的に起用したのが、同い年の同業者である横尾忠則さんだった。横尾さんは、そのとき、まだ無名に近かった。なぜ、横尾さんだったんですかと訊ねたら、「どんどんおもしろくなっていたんだ、あのころ」。じぶんより、横尾さんに頼んだほうがおもしろい、と。▼横尾忠則さんは、郵便配達になるつもりで、デザイナーだとか画家だとかになるつもりはなく、貧乏でなんでもない青年だったと思い出を語るが、「街で、へんな展覧会をやってて、それを覗いたら、きみもやらないかって誘われて」とか、やたらに、いろんな場面で仲間に誘われている。人が誘わずにはいられないなにかを、自称「なんでもない青年」は持っていたのだろう。▼無名の青年のうちにも、なにかの力を持っている。「栴檀は双葉より芳し」というけれど、双葉のころの香りを、年をとるごとに、残念ながら、失ってしまう人もいるだろうと思う。いい匂いのする青年、輝きのある青年が、しだいに錆びていくのがよくあることだとしたら、それは、なにより「じぶん」のしたことじゃないかな。

「この人は、たいしたものだなぁ」と、ぼくが思う人は、たいてい「好きだからやってるだけ」だとか、「趣味みたいなものだから」と、さっぱり言う。つまり、じぶんのやっていることを立派だとか、みんながやるべきだとか叫ばないで、「自己満足なんだよ」と謙虚に語る人ばかりだ。▼「いいことをしているときには、悪いことをしていると思うくらいで、ちょうどいい」ということばを、はじめて吉本隆明さんから聞いたとき、「そこまで言わなくても……」くらいのことを思った。でも、だんだんと、ぼくも、そう言うようになった。▼世のため人のためって平気で言う人、やっぱり怪しいよ。じぶんがやりたいと思うことで、できることを、できるだけしていくというので、それ以上はいらない。つらいのを無理してやってたら、やってない人を憎みたくなったりもしちゃうわけでさ。▼なんてことをぐるぐる考えたりしていると、「実力をつけたいなぁ」なんて思いはじめちゃうな。

「完成度」というものが期待されてる場面もあるし、「完成度」が大いに問われることもあるよ、むろん。それは、わかってる！（わかってるとも）そして、「完成度」は商売の強みにもなる。▼しかし、「完成度」が100％なんてことは、ない。絶世の美女だとかだって、完璧とはちがう。完成度100％とか、完璧とか、人びとは、ことばには出すけれど、そんなものはない。だとしたら……だよ。ひとまず「完成度」のことは、おいといて、いろんな判断をしたほうがいいんだ。▼「完成度」のことを考えなければ、世の中には綺麗な人がい――――っぱいいるよ。「完成度」のことさえおいといたら、あちこち、あれこれ、うまいものだらけだよ。「完成度」は30％でも、魅力的なものは山ほどあるよ。みんな、「完成品」の価値を基準にして、あれこれ判断し過ぎてるんじゃないか？▼「完成度」を先に考えちゃうと減点法になる。ひとつもいいものなんか見えなくなっちゃうんだ。逆に、「いい点」をどんどん加算して見るのが、世の中をイケメンだらけ、美女だらけにする方法だ。「完成度」のことをおいといて、だったら、キミ（俺）、なかなか捨てたもんじゃないぜ！

いつも機嫌のよくない人とかさ、ものすごく忙しそうで取りつく島もない人とかさ、なにかと冷笑的に否定する人とかさ、どんなことでも悲観的に考える人とかさ、……いや、ちがってるかもしれないよ▼……その勝手な思いこみかもしれないんだけど、お風呂に入ってないんじゃないかと思うんだよ。▼シャワーだけですませるとか、ささっと義務的に入って暖まらずに出ちゃうとか、そういうこととしてるんじゃないかとね。

「みなさん、こんばんは。宮沢賢治ではありません」と言うと、
宮沢賢治っぽい人を想像してしまうだろう。

あっ
ちがいますよ
©和田ラヂヲ

劇団セルフタイマー

傑作選

劇団セルフタイマー

GEKIDAN SELF TIMER

アウト
テイクス

忘れちゃったほうがやりやすいこともあるのですが、
忘れないようにしようと、思っています。

「忘れるな」といくら言っても、忘れるものです。
「そのことだけ」を考えている人は、どこにもいません。
だから、「思い出すしくみ」を、つくっておく。
いろんなことで、行ったり来たりする用事をつくる。
いっしょに遊んだり、仕事をしたりする予定をつくる。
それが、忘れっぽいぼくらの考えた方法です。
たくさんの人が、それにつきあってくれれば、
忘れようとしても忘れにくい交流が広がります。

さまざまなものごとに出合ったとき、
まず、ぼくらは「感じる」ことになります。
そして、「感じる」を始点にして、
ぼくらは「考える」わけです。
でも、この間に「思う」があるんですね。
「感じる」⇓「思う」⇓「考える」⇓「行動する」
こういう図が描けそうです。
「思う」と「考える」を分けたのが大事なところです。

いつでも、この順ではないかもしれません。
「感じる」がすりきれたまま「考え」ている人もいます。
「感じる」から「思う」までで止まっていて、
まだ「考える」になってないこともたくさんあります。
「感じる」も「考える」もあるのだけれど、

「思う」のない考えは深みに欠けるようにも思います。
「感じる」にまかせて、そのままにしているというのも、
ちょっと虚しいような気がします。
「感じる」と「しゃべる」だけを循環させてたりしてね。

あの大きな震災以来、ぼくは、
「感じる」⇓「思う」⇓「考える」⇓「行動する」
というまるごとを意識するようになりました。
ぼくだけでなく、多くの人がそうだったかもしれません。
手伝うなり、助けるなり、支えになるなりを、
本気でしようとすると、「感じる」と「思う」を、
「考える」にまでつなげて、
それなりの「行動する」に持っていきたくなるのです。

じぶんが傷ついているという自覚はないのです。
ただ、じたばたと動き回ったり、考えたり、
思ったり、感じたりをくりかえしているだけです。
休むこともしているつもりでいましたし、
笑ったり、ふざけたりも、さんざんやってたはずです。
だけど、目に見えない無数のすり傷があるんでしょうね。
やっぱり、２０１１年3月11日のあとを生きていることは、
こころのひだも「つるつる」じゃぁいられない。

どうして「気仙沼」だったのかについては、
「出会っちゃったから」というしか説明ができない。
出会ったら、おもしろい人たちだったんで、
仲間に入れてもらったということだけなんです。
「たまたま、縁があったんです」ということだけです。
ほら、ともだちになるのに、いろんな候補のなかから
選びぬいたりするわけじゃないでしょう。

これまで、気仙沼に来るたびに、
いろんなことがありました。
うれしいことも悲しいことも、どっちもあったし、
いろんな感情が渦巻いたけど、
帰り道ではたいてい、ことばになりにくい
無力感のようなものを覚えていたのでした。
じぶんたちの力の小ささと、復興の道のりの遠さを、
思わざるを得なかったのでした。

でも、朝の市場で、とうとう見つけた。
小さかろうが弱かろうが、
復興はもう確かに始まってるじゃないか、と。
このにぎわいのなかに、この笑顔のなかに、
このざわめきのなかに、この色彩のなかに、
復興の幼子がかくれんぼしてるよ。
そいつが見えたんです。

ばいばい鹿児島。
なんか、傷もなかったのに
癒えてる気がする。

今日も元気だボールがまるい。

昨日、一年以上前にミーティングした仕事の原稿が、
作者ご本人とともに、ふらっとやってきてくれました。

長い時間の流れのなかで、進んでいたものです。
急かしても、目を離してもいけないのですが、
いつでもいいですよ、ということでもなかったのです。
そして、ぼくらは、その原稿を、
どれだけたのしみに待っていたことでしょうか。

いずれわかります、とても待っていたものが来たのです。
そして、それは、いずれみんなに見せられるようになる。
こんどは、やがて来るその日のことがたのしみです。
すばらしい出来上がりだったのです。
盗人になりたいくらい、それを欲しくなりました。

色校正のゲラをめくりながら、なみだが出てくるのに気づいた。
ぼくらは、なんだかすごい本をつくってしまったかもしれない。
二年かかったけれど、それは胎内で大きく成長していたんだ。

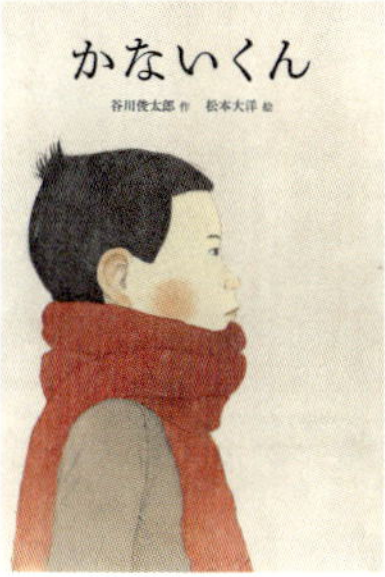

最初に読んでから、ずいぶん時も経ったけれど、
やっぱりいいコピーだ。
「すすめてくれた人は、きっと、あなたが好き。」
（ほぼ日手帳コピー大賞金賞作品）

GIANTS PRIDE 2011

CASIO

江戸駄菓子
まんねん堂

WELCOME!
Thank you for Coming
糸井重里様

世の中には、「ホットケーキを焼く」という仕事もあるんだ。
それは、なんだかとてもうれしいことだ。

休日というと、じぶんのカレーが食べたくなる。

お菓子って、そのひとつひとつが宇宙でないといけない。
他のものと並んでいても、ひとつひとつが宇宙であるようでないとね。
そして、食べるときの時間の流れが表現されてないとね。

空腹をがまんするときどうするかについて、
いろいろ考えてきたのですが、
「白湯に、微量の塩」というのが、
ちょっとよろしいのではと思っています。
つまり、いまいただいております。

さんま寿司
弁当

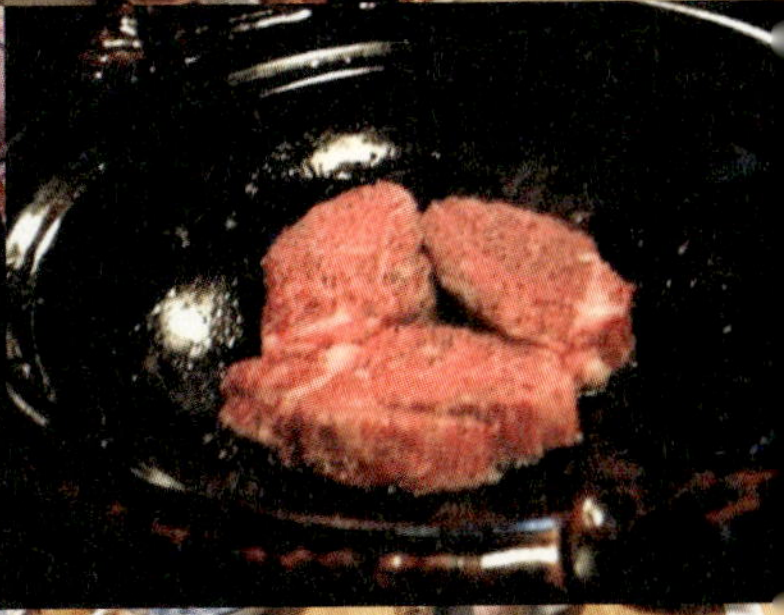

さつまいもの食べ方のなかで、
いちばんうまいのは天ぷらで、
天ぷらのなかでいちばんうまいのは
さつまいもじゃないか……
と、遠慮がちに思うものです。

炊き立てのごはんよそって、
まんなかに穴掘って、
シャケ缶のシャケ埋めてさ、
ちょこっとしょうゆかけて、
焼きのりいいかげんにかけて、
がしゃがしゃっとかっこんで、
ぐいっとお茶飲みたい。

「わぁ、こりゃぁうまいなぁ!」っていう
タコ焼きが食いたい。

ラーメンというものが、自己表現の場でもあり、
ラーメンが野心の乗り物でもあり、
ラーメンは集客の強力コンテンツであり、
ラーメンがおおぜいの人の慰めであり喜びであり、
ああ、もう、ほんとにぜんぶですよね。

食べる枝豆が、いちいち甘くて
おいしいものでありますように。
あと、とうもろこしも。
それから、桃も。なしも、か。
(七夕の願い)

ぼくが、ガリガリ君や
赤城乳業について考えている時間は、
総計するとかなりの長さになると思う。
これを……愛……と、言うのかもしれない。

「そ、そこに座って口を開けろ！
カツを入れてやる！」
「あいっ！」……もぐもぐ。

小林薫とか、小林稔侍とか、
小林感の強い表情で言いたい
「さんま、うまかったですね」。

「ハニーロースト」って、
もう、そのことばだけでも
おいしそうに思えちゃう。
たしかに、たいていおいしいよ。
ハニーロースト……魅惑の響き。

基本的に、ぼくは嫌いな食べものはないです。
ただ、「おいしいそれ」と「おいしくないそれ」があって、
「おいしくないそれ」は食べたくありません。
あと、「あんまりおいしくないそれ」が食べたいという場合もあります。

明日のスケジュールをたしかめたら、夕食の予定が決まっていた。
ふふふ。ほんと、こういうの好きだなぁ。
ものすごく長い時間、「あれを食べるんだ♪」という気持ちでいられるからねー。

はずれたらはずれたでご愛嬌と黒みつかけて食べてみたら、
なんじゃこりゃ、うまいじゃないか！
知らないおいしいものって、まだまだいっぱいあるんだよなぁ。

日々の祈り。
「世界中のいろんなものが、うんとおいしくなりますように。」

焼きかけのお雑煮のもち愛想よし

ジャレド・ダイアモンドさんにお会いしたとき、
「比べる」ことが大事だと語ってくれた。
たとえば、現在の社会と、太古の社会を比べることで、
どこが変化してどこが変わってないのかが表われてくる。
つまり、「比べる」ことによって、
普遍的なものがわかってくる。

そして、答えまでたどりつかなくても、
考えを深化させるための「糸口」が見えてくる。
「糸口」は、違和感と言ってもいいかもしれない。

そのまま、すっと見逃しにくいことが残る。
それが「糸口」なんだと、ぼくは思っている。

「糸口」は、いつでも、なにかとなにかを、
重ね合わせて見つめることで発見できるんじゃないかな。
「うまくいったこと」「おもしろかったこと」
「人がよろこんでくれたこと」などなど、すべてに、
「比べる」ための半透明の図面を用意してみたいものだ。
同じに見えるものは、ちがう。ちがって見えるものは同じ。

「たましい」が経験すること。
「たましい」が経験してきたこと。
「たましい」がよろこぶこと。
「たましい」が悲しむこと。
「たましい」が大きくなること。
「たましい」が磨り減ること。

そんなイメージで「たましい」を感じます。
「たましい」がよろこぶようなことは、

やっぱり面倒だろうが苦労だろうがしたほうがいい。
そして、そのときにはやらざるを得なくても、
「たましい」が悲しむようなことは、
やっぱりやらないほうがいい。

また、8月6日がやってきました。
勝った敗けた、善だ悪だ、思うことはそれぞれでも、
どちらの「たましい」も傷だらけになったはず。

おなかがすいた。
人も犬も、お腹がすきました。
そろそろ、帰りましょう。

あっち。

散歩をしていたら、
外でおとうさんに会ったよね。
どっちから来たのって訊かれて、
人間のおかあさんが、
「あっちのほう」って言ったよね。
夕暮れだったよね。

その道の専門の人は、ふつうの人よりも、
ずっといっぱいのものが見えているんです。
逆に言えば、ふつうの人の見えているものは、
あんがい少ないものなんですよね。

この、「見えてる分量の桁がちがう」感じって、
よく見えている側の本人は、
あまり意識してないし、
見えてない側のシロウトも、
気づいてないわけです。
だから、そこに大きな差があることは、
あんまり注意されてないのかもしれません。

たまに、「よく見えてる」人が、
なにげなく見ているものについて語ったりすると、
「よく見えてないことに少し気づいている」人が、
「おお、すごいもんだなぁ」なんて
感心したりします。

なんか、ぼくがやっていることって、
「よく見えてないことに少し気づく」
ということなんじゃないかと思っているんです。
つまり、それは「じぶんが見えていること」よりも、
じぶんに「見えてないこと」のほうが
大きくて豊かだ、
と知ることでもあります。

「たいしたことない」ことは、なかなかたいしたことだぜ。

お見合い結婚になくて、恋愛結婚にあるのは、
なんだろうかと考えてみると、
「ああ、なんと、この人と結ばれるとは?!」というような
「愛の不思議」の要素だけ、なのではないでしょうか。
その「運命のいたずら」みたいな不思議などは、
後に思い起こせば、せいぜいが「話のタネ」程度のもの。
逆に、リスクだってロマンに比例して大きいでしょう。
家と家がする結婚というのは旧いかもしれないけれど、
個人と個人が、結婚を視野に入れて紹介され合うのは、
あったほうがいい仕組みという気がするんです。

そうそう、
広告をつくったり考えたりすることは、
とてもおもしろいんだよね。

美意識って、「考え抜いた結果に得たもの」じゃないですよね。
そこが、飛び抜けた価値を感じさせるんだよな。

「目的」より「のぞみ」。

ここでまつ。

ここから、
「わんちゃん」は入れないので、
おとうさんと人間のおかあさんは、
交代でひとまわりします。
犬は、待っています。

さらにゆく。

池のほうにも行ってみます。
どこもかしこも桜なので、
どっちに行っても花見です。

基本的に人と人って、同じところのほうが多いみたいです。
ちがいって、ちょっとなんだなぁ。
そのちょっとのちがいが、人の個性ってもので、
そういうところを尊重し合うと、いろいろおもしろいね。

三度三度のめしを、よく噛んで、おいしく食べて。
決まった時間に気分よくうんこして、
たのしみのひとつとしてお風呂にゆっくりつかって、
よく寝て、すっきり起きて、
いつもおだやかに笑顔でいるような人に、
だれも勝てるとは思わないほうがいい。

じぶんをよく見せようという気持ちを、
忘れられたら、ずいぶん自由になれます。

これまでよりうまくやろうとか、
できないことをできるようになりたいとか、
そういうことは、あってもおかしくないと思うし、
人の目があろうがなかろうが関係ないです。

でも、よく見せようとか、
よく思われようとかについては、
相手のいることなので、
相手のするはずの判断を、
じぶんでしなきゃならないのです。
それは、無理だ、だってじぶんは相手じゃないもの。

だいたいのややこしい問題は、
じぶんの判断できないことで起こります。
相手のことを、いったん忘れて、
「じぶんなりのせいいっぱい」を、
「やってみようか」、とじぶんに言ってやれたら、
少なくとも、じぶんが取りもどせると思うのです。

「楽しんでやろう」というおまじないを、
大人になってからおぼえて、とてもよかったです。
そこには、すでに「じぶんの判断」があるからです。
そしたら、おどおどしたり、迷ったりが減ります。
じぶんを失っていないなら、なにがなんでも大丈夫。
だって、次の一歩を踏み出せますから。

ぶらんこ。

今日は一年で最後の
ブランコに乗る日なんです。
犬は、まわりを走ります。
たのしいです。

その人が、亡くなったということが、
ほんとうに腑に落ちるまでに、時間がかかります。
そして、その人のことを語りたくなるのにも、
やっぱり時間がかかります。
その人が、そのままいるような気がする日が続いて、
ずっと続いているのだけれど、あるとき、ふと、
「あ、いないんだ」とわかる日を迎えます。
いつでも、そんな感じです。

ぼくは、どなたかが亡くなったときのコメントとか、

基本的にお引き受けできません。
じぶんから語りたくなったら、語ると思いますが、
訊かれて話すことばは、どうにも出てこないのです。
無理にしぼり出すこともしたくないので、
すべてご遠慮しています。

人がこの世から旅立つということは、
社会的なことでもあるのかもしれませんが、
とても、とても個人的なことだと思うんですよね。

それぞれの。

犬には犬の、
おとうさんにはおとうさんの、
おもちゃにはおもちゃの、
それぞれやりたいことがある。
それぞれ別の顔してても、
みんな大事な家族です。

でもなぁ、これ以上は、うまく説明できないや。

ものごとには、終わりがある。
わかっている、知ってる、それは常識だ。

おいしいものを食べていても、
いつかは食べ終わる。
どんなに仲のいい人がいても、
なんらかのかたちで別れはくる。

いかに楽しいことがあっても、
ずっと、いつまでも続くことはない。
夢中で読んでいる大長編小説でも、
やがて終わりがきてしまう。

わたしや、あなたの人生も、
終わりがくると言わざるを得ない。

知ってる、わかってる、常識だ、法則だ。
でも、どうしても、さみしいものだ。
知っているけれど、忘れていたままでいたい。

だから、終わりなんかないかのように、
ふるまい続ける人もいる、そっちのほうが多い。

でも、終わりがくると知っているのなら、
終わりがくることを認めたほうがよいのではないか。

いつまでも、食卓にいて
くちゃくちゃと口を動かしているのは、やめようか。

灯の消された遊園地に、いつまでも居残って、
無残な朝を迎えるよりも、そこを去ろうか。

恋人たちよ、握りあった手を離して、
それぞれの場所に出かけたまえ。
そしてまた、帰ってきて手をつなげばよいだろう。

終わりがないようにふるまうことが
人びとをどれだけ苦しめていることだろうか。
終わりがあることは、ひとつの救いでもあるのだ。

なのはなばたけ。

そうそう。
いまは、菜の花もきれいなんです。
菜の花畑に入り日が薄れるという
歌のような景色を、
おとうさんは写真に撮りました。
犬は、モデルでお手伝い。

おもしろくない世の中を嘆かず。なぜなら俺のせいだから。

やりかけのいいこと、いっぱいあるんだよなぁ、いつも。

「絶望は愚者の結論である。」とかいう
「名言」だって知っているけれど、
ぼくらは、いつでも「希望」を手放しやすいものだ。
その「希望」の手を放してしまうことの快感さえも、
ぼくらは経験してもいる。
「絶望」って、たぶん、一時的な解放感があって、
気持ちがいいように感じられるものなんだよね。
「八方ふさがり」について口角泡を飛ばして語り合い、
怒りにまかせて何かを壊してみたり、
他人の小さな「希望」の小ささを笑っている間は、
あんがい、苦しさがなかったりするものなんだよなぁ。

ああすればいいこうすればいいは言えなくても、
未来から見て「あきらめなかった」人間に、
こころからなりたいと思う。

未来から見て「あきらめなかった」人間、という視点へ。

ひこうきぐも。

ブイちゃん元気ですか。
おとうさんは、今日は、
陸前高田というところにいます。
空に長い飛行機雲を見つけました。

がっこうのはな。

学校の花を咲かせている人のこと、
いつも「いいぞ」って思ってます。
花壇や生け垣に、
いつもしっかりと季節の花を、
きれいに咲かせている。
生徒たちも、通行人も、
きっと目で受けとめてます。

去り行くものの後ろ姿をいつまでも見てるより、
じぶんの足をたがいちがいに前に出せ。
次のことを、もっとすてきにやらかすことが、
あの日へのなによりのお礼だからね。
終わりとか、別れとかのなかには、
もれなく、ハードボイルドなメッセージが込められているのです。
「さらば……」そして、
「おまえは、これからどうする？」です。

きのう。

夕方の散歩の帰り道。
これはこれで、
二度とない夕方なのだと思い、
空にカメラを向けた。
似た日はあっても、
同じ日は二度と来ない。
そういうふうにできている。

なにかにつけ、こころからお礼を言われているようなことは、
実はこっちからお礼を言いたくなるようなことなのです。

このひ。

なんでもない日、おめでとう。
ときどき、そう言ってみたくなる。
だれかには、なんでもある日で、
だれにでも、なんでもある日だって、
知ってるんだけど、それでも、
なんでもない日、おめでとう。

いかんいかん、腹が減ってきてしまった。
あんなにおいしくコロッケなどをいただいたのに。

この本に掲載した文章は、糸井重里が2013年に書いた原稿やツイートから抜粋したものです。

I IOVE KOROKKE.

「小さいことば」シリーズ既刊のお知らせ。

2012年

夜は、待っている。

装画・酒井駒子

2011年

羊どろぼう。

装画・奈良美智

5年分の「小さいことば」から
若い人へ届けたいことばを
集めて編んだ文庫本。

ボールのような
ことば。

装画・松本大洋

2013年

ぽてんしゃる。

装画・ほしよりこ

ぼくの好きなコロッケ。

二〇一四年九月十七日　第一刷発行

著者　糸井重里

構成・編集　永田泰大
ブックデザイン　清水　肇（prigraphics）
進行　茂木直子
印刷進行　藤井崇宏（凸版印刷株式会社）
協力　斉藤里香　菅野綾子

発行所　株式会社東京糸井重里事務所
〒107-0061 東京都港区北青山3-5-6 青朋ビル2階
ほぼ日刊イトイ新聞 http://www.1101.com/

印刷　凸版印刷株式会社